壮美家园

——『邕莱诗会』作品选析

◎石一宁 主编

广西民族出版社
Gvangjsih Minzcuz Cuzbanjse

图书在版编目(CIP)数据

壮美家园："岜莱诗会"作品选析 / 石一宁主编.
—南宁：广西民族出版社，2023.6
ISBN 978-7-5363-7700-4

Ⅰ. ①壮… Ⅱ. ①石… Ⅲ. ①诗集—中国—当代
Ⅳ. ①I227

中国国家版本馆 CIP 数据核字（2023）第 094534 号

ZHUANGMEI JIAYUAN——"BALAI SHIHUI" ZUOPIN XUANXI

壮美家园——"岜莱诗会"作品选析

主　　编：石一宁

出 版 人：石朝雄
责任编辑：莫　悠
特约编辑：黄浩云
装帧设计：何世春
责任校对：黄毅萍
责任印制：莫晓东
出版发行：广西民族出版社
地址：广西南宁市青秀区桂春路3号　邮编：530028
电话：0771-5523216　传真：0771-5523225
电子邮箱：bws@gxmzbook.com
印　　刷：广西壮族自治区地质印刷厂
规　　格：787毫米×1092毫米　1/16
印　　张：14.25
字　　数：280千字
版　　次：2023年6月第1版
印　　次：2023年6月第1次印刷
书　　号：ISBN 978-7-5363-7700-4
定　　价：58.00元

中华民族美好家园的诗意呈现

——《壮美家园——“邕莱诗会”作品选析》序

石一宁

《壮美家园——“邕莱诗会”作品选析》(以下简称《壮美家园》)一书是《广西民族报》“邕莱副刊”专栏《邕莱诗会》的作品选析。90余首(组)诗作,是全国多民族诗人和作家的心语与歌吟,风格各别、手法多样,异彩纷呈、斑斓满目,然而大多篇章都凝结着一个中心意象——中华民族的美好家园。多民族诗人和作家们的倾情抒写,正是中华民族美好家园的诗意呈现。

民族的家园就是祖国,中华民族的家园就是中国。爱国主义的情感在《壮美家园》中弥漫燃烧。中国是统一的多民族国家,是各民族祖先和世代的居住地。祖国是具象的,祖国也是精神的。在杨克的《我的中国》中,祖国是山川地理,祖国也是天空海洋,是语言、文字、神话、传说和诗篇,是中餐佳肴、图腾生肖、文房四宝、二十四节气和五行八卦,是熊猫和丝绸、《茉莉花》和《梁祝》……今天的祖国,北上广深矗立着簇新的高楼大厦,然而,诗人的心中还有疼痛的柔软和不熄的梦想:“航天潜海,我依旧怀抱颓败的小小村落/银杏树缓慢生长,让人痛苦揪心/两鬓染霜,身体里流动着青春五四的热血/念兹在兹我永远梦想的少年中国”。吉狄马加《兹兹普乌》一诗歌咏:“火焰改变肉身的形态超过其他方式,/它将存在之物送至形而上的国度”,“解脱的灵魂,穿越了星座的门扉,/音乐从群山的白昼宣称楼梯的曙色”。位于云南昭通高原腹地的兹兹普乌,是彝族人灵魂回归的圣地,是彝族人灵魂的家园,也是祖国大地的一隅,是中华历史文化多样性的一处见证。在艾克拜尔·米吉提的《红艳艳的石榴花》中,祖国是五十六个民族，是五十六个民族像秋天满园的石榴，“鲜红的石榴籽 / 紧紧地 / 抱在一起 / 透着那石榴花的芬芳”。祖国是想象的共同体，祖国又是具体的现实，九百六十万平方公里的每一处都是祖国。“岜莱”一词是壮语，意即花山。2016年广西宁明县的花山岩画文化景观被列入世界文化遗产。在田湘的《岜莱，或者花山》中，花山岩画是“千年岁月留下这盛大场面 / 那是一个民族无声而强大的气场”，“我的祖国就在这里：花香遍野 / 胜过所有的梦境”。祖国是空间，祖国也是时间。在宋安群的《“七一”颂歌》中，祖国是中国共产党领导各族人民奋进的新时代：“开辟新时代，迎接新挑战，/ 强国强军富民，强壮自己”。祖国是人生的意义，祖国也是祖国的儿女心头和肩头上的责任：“种一粒种 / 用心 / 让真诚守护 / 浇灌成长 / 温暖祖国胸怀”(农秀红《团结花盛开》)。在唐成茂的《每一块石头都承载着国家的使命》中，石头象征宠辱不惊，象征坚贞和坚持、清醒和清白，“每一块石头 / 都承载着一个国家的使命 / 就是粉身碎骨 身首异处 / 对天下人之爱 也 / 坚如磐石 有时还 / 血脉偾张”。祖国是家园、是故乡，家园和故乡也是祖国：“看，我们的家园 / 花团锦簇，勤劳的乡民 / 长着如此朴实的面孔 / 我们走在大街上 / 我们走在祖国的土地上 / 迎着风，目不斜视 / 我们心怀远大的理想 / 战天战地战贫困”，“啊，这是祖国的土地 / 啊，想起祖国 / 我就想起我的桂西北 / 那里草木葱茏，人心向上 / 人间处处有庄园 / 啊，想起祖国 / 我就想起我的故乡”(费城《我的桂西北》)。祖国是民族的依托，是幸福的保障，也是生死荣辱所系：“今天，黄泥鼓不再是悲情的符号 /

它向世界传递一个民族的欢喜／你听！幸福的鼓声响彻大瑶山／那是对祖国最深情的祝福”（王秋娟《黄泥鼓，舞出瑶乡幸福生活》）；“在春夜喜雨里／一个哑巴居然喊出来——／谁能看见祖国山川内心的美／谁才有资格去死！”（刘频《在燕山上》）。祖国，意味着爱，也意味着被爱：“这个中国，舍得用这么白的银子／把光堆在我身上／我的母语和它有着臂膀的关联／它在天幕中写字，叫‘月亮’／笼罩有长江长黄河黄的地方，叫‘月光’／所以，我爱你，中国”（陈一默《北部湾的月亮》）；“大哥还说，他的唢呐声／是祖国山川喂养的，是山／丰盈了唢呐的音色”（许伟《大哥的唢呐声是山川喂养的》）。爱国主义是一个民族的灵魂，中华民族的爱国主义凝聚着中华大地上各民族的团结统一，召唤着中华儿女的民族自豪感和为祖国的繁荣富强而拼搏奋斗的精神意志。爱国主义也是《壮美家园》一书最重要的价值与意义。

中华民族的家园辽阔而多彩，神奇而美丽，在本书的诸多篇章中也有丰富的表现。在石才夫的眼里，“云散霞飞／家园明媚”，“岜莱花山 花山岜莱／木棉花开着风吹着百鸟在飞”（《时光是你额上深深的凝眉》）。在牙韩彰的笔下，家园则是红色的故事：“每当踏进这个坳口／总是久久流连／那一次战斗你英勇倒下／留下的故事动人心弦”（《红军坳》）。在黄佩华的《梦回句町》中，家园曾经是云贵高原与大海之间、红水河与驮娘江流域的句町古国，先人们播撒五谷，刀耕火种，繁衍生息，而“马帮的哨声已然远去／今天的高地沐浴在和煦的阳光之下／南昆高铁早已穿境而过，田西高速即将于虎年通车”，“回望句町，明天的天空更蔚蓝”。在娜仁琪琪格的《远山装着巨大的神秘》中，家园是内蒙古扎鲁特草原的绮丽景象：“草原之上是墨绿的丛林 而后就是连绵的山峦”，“静默着坐下来 便触摸到了柔软的绒毛 / 漫卷的云遮住烈日 将天空压低 / 此时 我是离天庭最近的人 此时凡尘远离了我 / 纷扰远离了我 我只管静默着望向天际 / 瞬息万变的瑰丽 屏住了我的呼吸”。在安海茵的诗中，家园是新疆阿克苏的塔里木河和多浪河，两条河犹如无缰的野马：“浪花与蹄印所经之处 / 生灵全都擎举着得福的杯盏 / 每一处居所都有庇佑的灯光 / 每一盏灯光都有丰盈的遇见”(《阿克苏的水，都是饱含热泪的名字》)。在黄鹏的诗里，家园是壮美的花山：“许多历史的色彩已经苍白平淡 / 多少曾经的喧闹已经不再声响 / 而花山岩画依然鲜艳闪耀 / 山峦与河流涌动幸福快乐的向往”，“家乡泥泞的山路变成了硬化大道 / 村里危旧的瓦屋变成了崭新楼房 / 高速公路、高铁动车 / 拉动壮乡巨变的喜悦来来往往”(《壮美花山》)。在荣斌的心中，家园与黄姚古镇有着内在的牵连，因为“人在黄姚，可以遇见自己 / 遇见半城清秀，半城芳华 / 所有景象都是被放大的记忆 / 所有的人 / 都在这里误以为回到了故乡”(《遇见黄姚》)。在石朝雄的《左江·斜塔》中，兀立在左江江心的归龙塔，千百年来默默地见证和坚守着这片血色土地上的家园：“我的祖先在这里生活过 / 笑过，哭过，醉过 / 还一定爱过，甚至恨过 / 斜塔曾见证数百年风月 / 忽远忽近的硝烟和帆影 / 祖先繁衍生息的土地 / 珍藏左江源远流长的传奇”。又见则从一碗螺蛳粉里看见各民族的家园并闻到其散发的气息:“我看见它向我走来 / 从稻作民族的厨房 / 从各家各户的门廊 / 从壮乡瑶寨的房前屋后 / 从侗家人家的坛坛罐罐里 / 还散发着苗人的气息 / 走向四面八方”，然而，却又“分不清天南和地北 / 酸来自哪里 / 辣是谁家院 / 那汤水又是哪条河的味道”(《仰望一碗螺蛳粉》)。在杨辉的诗中，秋天的江南家园令人陶醉:“我是在江南的望安亭下 / 在一声声横笛里相遇秋天 / 那时节啊，白月光与笛声 / 倾泻下来，从四面八方 / 覆盖了我，也覆盖了 / 亭前波光粼粼的湖面”(《秋天的新娘》)。在钟纪新的诗中，家园被红色岁月洗礼:“一颗颗红绣球划出了爱的彩虹，/ 一把把红豆豆情深意重，/ 一条条红背带正托起新生的希望，/ 一岭岭红山茶正展现时代的新容”(《广西红》)。在陈雅北的诗中，家园的面貌正在刷新脑子里的记忆:“一个全新的小镇 / 在旧林地的后面 / 正在改变它以往的旧模样 / 田园阡陌 情满四季”(《情满里高》)。三个A从家园的变迁感受到五十六个民族的命运连结:“危房改造 / 房子变漂亮了 / 扶贫政策 / 日子有盼头了 / 城市与小乡村 / 连着一条路 / 闪电穿过云层 / 连着天与地 / 五十六个民族 / 你连我 / 我连着她”(《命运相连》)。

家园之所以美好，是因为人，因为人的进取、人的奋斗、人的风貌。许多篇章抒写了在中华大地上栖居的各族人民相濡以沫，守望相依，以信仰信念、聪明智慧、勇毅坚韧和创造美的天赋，开辟和建设中华民族的共同家园。在藏寨的“藏靴作坊里，老人在干活，孩子秉灯”，“灯芯燃烧产生了一点儿烟，这并不阻挡老人凝视孩子的眼神，/ 即使灯火熄灭，他们也不会淹没于黑暗。/因为，正是这个孩子，给老人带来了全世界的光”（扎西才让《藏靴作坊里的护灯者》）。内蒙古草原上，“人们用长调侍奉春天，越悠扬/草原越辽阔/蒙古马背上的上苍越仁厚”（龚学敏《蒙古马》）。新疆尉犁乡间的夜色，因为美丽的姑娘而迷人：“美人啊，你是一轮皓明皎洁的昆仑月/照亮我戈壁一样辽阔、一样荒凉的人生/你是塔里木的骆驼泉，滋润我焦渴的心田/你是绿洲上的桧柏，安妥灵魂的故土家园”（彭惊宇《听吐尔地·尼亚孜弹唱〈红玫瑰〉》）。广西万龙大山村屯的元宵夜，是各民族兄弟姐妹幸福欢乐的大团聚：“壮家扛来最干爽的竹子柴炭/汉人运来不逊都市迪吧的音响设备/苗家抱来一袋袋香甜的糯米粉/瑶人拉来亮闪闪的打糍粑工具/仫佬族老弟们抱来一坛坛香酒/侗家带来手拉手的芦笙多耶舞/布依族姐妹的山歌情意缠绕/像风铃串串飘过云端”（陈宁《同心糍粑大又圆》）。而北部湾的沿海城市，除了“这里的绿色，会说话，有喜怒，能自己走路”，“这里的风儿温暖，阳光温柔，沙滩洁白”，更有着“来自东西南北的人”：“这些浪漫主义者，这些理想主义的信徒/以大海的名义，举诗为号，相邀向南/丝绸路上看世界，心胸坦荡，山青水碧”（庞白《向南的海》）。信仰是人的精神脊梁，是人的灵魂。人有信仰，理想可期；人有信仰，家园可兴：“他们心怀信仰/他们坚定革命/他们不断壮大/成为有力的战斗队伍”（桐雨《花开巴暮山》）；“从大山要来挺拔/从大地要来辽阔/从江海要来浩荡/从人民要来磅礴/信仰是首不变的歌”（何述强《不变的色彩》）。改天换地的奋斗，带来天翻地覆的巨变。今日的家园，风光秀丽，人心欢悦：“女人们在讨论一双新袜子／玻璃丝袜崭新，紧实又透气”，“从没有穿过丝袜的这一群女人／从墙上的光束里走进去／在婴孩小嘴翕动的涟漪里／鹅颈鹤步的女孩越上群山，摸到了／自己想要的月亮”（蓝敏妮《小月亮》）；秋天的甘蔗林里，人们在谈论“甜的构想”，更懂得“甜的意义”：“从林中穿过的拿刀子的农妇／暗暗地和蔗叶的锋芒对抗／回忆里充满了甜的风／搬运甘蔗的老汉／他们扛着梦想／走在奔小康的大道上”（安乔子《秋天的甘蔗林》）；家不再是石山区的房子，人不再是“在屯内养牛，每天将它们放出去吃草／趁日落再赶回来，无数重复的日子”，新的时代，人生再度出发，命运掀开新的一页：“即使四十岁年纪还在县城找工作／打零工，开店铺，摘茶油／她布满厚茧的双手／在七月，更多了一缕芒果清香／那些山，掩盖她明亮的轮廓／而她仿佛正在燃烧，让自己释放／再也不用羡慕山外的人间”（李道芝《移民搬迁户》）。周统宽的《梦回大良石门》，畅写生活在已成为4A级风景区的故乡的乡亲们焕然一新的生活：“年逾古稀的小学老师／教乡亲们讲外国话／也教游客讲土语／讲芋头粥和红薯窖／也讲走出大山的狗娃”；王忠民的《土瑶歌堂会》，惊叹瑶家人如今的豪情和气度：“今天我察看到生命，比预想的／更高贵，更坚决／开垦蛮荒的姿态／折射脱贫致富的优美舞姿”；徐仁海的《把诗写在海水里的民族》（节选），讴颂京族人自信满满地面向大海与世界：“逐梦的飞翔不再敛翼／热忱锤炼的渔声几乎覆盖了潮声／海水葱茏的梦绽放乡村振兴的繁花／在捕捞船上海水养殖场里火红／在一间间别墅在一张张笑脸上火红 / 京族人依然把致富的诗写在海水里”；卢颖莹的《织壮锦》，更展现了广西多民族的文化创造与成就：“刘三姐的山歌，黑衣壮的天琴 / 桂北的彩调剧，西江的水上民谣 / 层层叠叠的梯田，日出日落的沙滩 / 编织又一个春天的故事”；白来勤的《在八桂，品味新乡村》，挚情咏赞新乡村里广西各族人民的襟怀与精神：“八桂乡村的眼睛很小很窄 / 窄得容不下半颗沙粒乃至尘埃 / 八桂乡村的眼界很大很宽 / 宽得能容下山川河海狂风巨浪”，“八桂乡村的爱河很窄很浅 / 仅容纳仁义礼智信真美善 / 八桂乡村的爱海很深很宽 / 能熔冶温良敦厚诚让恭谦 / 幸福的鸟儿在蓝天下自由飞翔 / 理想的种子在红土地茁壮成长”。

中国是诗的国度，诗教传统博厚悠远。这部诗集的大多作品承载着中国诗歌传统的教化功能和现实主义品格。然而，对于诗歌作品来说，文学的审美价值也规约着它们内在的创作走向。不少篇章显现出诗人在诗歌创作艺术上的不凡才华与新意，其中有的已在上文列举，还有不少尚未论及。如琬琦的诗：“当一只飞鸟爱上一条漓江鱼 / 也许只能怪水过于清澈 / 让我们瞬间确认了彼此的眼神”（《漓江》）。一般而言，水上的鸟与水中的鱼是吃与被吃的敌对关系，而两者竟产生了爱情，因为两者“瞬间确认了彼此的眼神”；而“瞬间确认眼神”何以能发生？因为“水过于清澈”。此诗的绝妙，不在于拟人修辞，也不在于作者想象力的完美逻辑，而在于如此生动的修辞、如此高超的想象，所不动声色地烘托出的漓江的美。漓江是今天的漓江，漓江的美是自然的美，然而亦不尽如斯，因为其中有人的治理、人的呵护，默默的江流里回响有时代的声音，闪现着时代的精神。其实这是一首体现“主旋律”的诗歌，而它的写作艺术与经验，岂不能为主旋律题材创作带来一些启示?

广西民族出版社和广西民族报社于2022年1月成立了共建铸牢中华民族共同体意识实践联合体，编辑出版这部诗集亦为联合体的一个阶段性成果。祈愿本书的出版，能为铸牢中华民族共同体意识、构建中华民族共有精神家园，起到添砖加瓦的作用。

是为序。

2022年5月　于北京

目 录

附录

我的中国

杨　克

有人喜酸甜，有人喜麻辣，有人喜原汁原味
八大菜系风靡神州，各不相让
当周游列国，从巴黎到纽约
在刀叉下受虐一周的胃
所有人的味觉，瞬间全被唤醒
炒煮蒸烹的中餐佳肴就是我的祖国

有人粤语京腔，有人西南官话
吴侬软语与东北大嗓门
少数民族语音更是五花八门
各地方言千差万别，互相不一定能听懂
踏上拼音的国度，横竖撇捺方块字就是我的祖国

机翼划过蔚蓝的天空
补天的女娲是我的祖国
船舷剪开波涛的雪浪
填海的精卫是我的祖国
日升东方，见追日的夸父
禺谷在望，那一片辉煌是我的祖国
月落西窗，有玉兔嫦娥
记忆中那一阵桂花飘香是我的祖国

一颗竹叶裹的粽子
抛下去汨罗的万里惊涛
满腹柔肠翻滚的《离骚》是我的祖国
一枚枚月饼向天而拜
岁岁年年的怀乡与思归是我的祖国
万户千家俪采七字之偶，斗艳一句之奇
四海庆安澜万民怀大泽是我的祖国
张灯结彩、点响爆竹、对联红红火火是我的祖国
连年有余，花生、枣子、石榴……
连蝙蝠也成了吉祥的图腾
龙、凤、龟、麒麟，兴云致雨
太平盛世，梅兰竹菊和文房四宝福泽心灵
就是貔貅也能辟邪
喜鹊、鹤、鹿、十二生肖都是我的祖国

惊蛰，候桃花而棠梨而蔷薇
春分，望海棠而梨花而木兰
布谷布谷，种禾割麦
玉秧玉秧，稻花白练
有序多变的二十四节气是我的祖国
苍龙连蜷于左，白虎猛踞于右
朱雀奋翼于前，玄武圈首于后
五行、八卦、二十八星宿还是我的祖国

攀崇山峻岭，想起头触巨峰的共工
乘飞驰高铁，想起踩风火轮的哪吒
愚公、大禹和张弓搭箭的后羿

不屈服命运的神话就是我的祖国
我倾倒于维纳斯的断臂蒙娜丽莎的微笑
更迷恋反弹琵琶的飞天聊斋的白狐
在音乐厅听交响乐和花腔女高音
耳边萦绕《茉莉花》和小提琴《梁祝》
在动物园遇见北极熊和袋鼠
憨态和平的熊猫就是我丝绸柔软的祖国

欧洲建筑那石头上的史诗
江南庭院草长莺飞瘦石枯木
关公的忠义黛玉的痴恋
牡丹亭的悲欢西厢记的情色
李白长安一片月杜甫落木萧萧的秋兴
扇面上的书法，宣纸上的写意
哪怕随蓝色多瑙河圆舞曲轻盈曼舞
胸腔里轰鸣的是洗星海的黄河
浪子回头金不换是我的祖国

红山玉猪龙和殷墟的甲骨上
矗立着北上广深簇新的高楼大厦
航天潜海，我依旧怀抱颓败的小小村落
银杏树缓慢生长，让人痛苦揪心
两鬓染霜，身体里流动着青春五四的热血
念兹在兹我永远梦想的少年中国

评赏：化虚为实是诗歌最常见的一种写法，它贵在以形象说话，形神兼备。这首诗，取“中国”为题，这是以一个“大词”命名。那么，如何把“中国”这个大词形象化？也就是说，如何把“中国”这个大词转化成可听、可见、可感、可思、可品的中国，这就仰仗诗人必须从味觉、听觉、视觉、触觉等多个层面去感受中国、领悟中国和赞美中国。杨克这首《我的中国》正是按照“形象说话”的表现方式，让读者对“中国”过目不忘。由此可见，一个抽象的大词，通过化虚为实，也能栩栩如生；同时，化抽象为具体，少不了诗人自身的阅历、学识、经验与天赋。（*卢辉*）

兹兹普乌 *

吉狄马加（彝族）

那是祖先灵魂聚集的地方。白色
弥漫了所有的领域，没有时间的概念，
失重之物在此漫步，孩子与老人
在生死之外，他们的年轻和衰老
以另一种方式，拒绝存在的变化。
星群触手可及，群鸟的幻影
沉落于光的大海。垂下金翅的神马
站立在感知的彼岸，事物被重新定义。
太阳的颜色，凝固成寂静的白幕，
吟诵的经文流淌在无声巨大的源头。

从不同的方向而来，被引领的声音
在路途上召唤。那火焰的颂词
是祭司献给三魂的礼物，它的陪伴
远离魔界的险境。手持白色的羊毛，
双手捧饮泉水盛开的葡萄。不要犹豫。
在此并非是长留之地，经典中记载的
城池其结局都是尘埃，剩余的部分
毁灭已是一个不争的问题。没有
物质构建的实体，永远沉溺于不朽，

* 注：传说中彝族人灵魂回归的圣地，在四川金沙江对岸的云南昭通高原腹地。

否则不会给短暂的一切赋予意义。

没有时间的主宰，如果还有
这样的时间，它的反面也不会
钉满苍穹的钉子。哦，唯有荣誉
是生命绽放时属于集体的纪念物。
给史诗注入牛血，英雄将被世代传颂，
墙上的马鞍在寻找它的骑手。
创造狂欢的时机，旋转肉身的灿烂，
在火的节日遗忘白银装饰的面具。
这是躯体与灵魂的契约，其中的搏击
将代表生和死开始时所有隐匿的秘密。

哦，诗人，伟大的祭司！这就是
我们在众人面前歌唱的理由。
原谅我，也有过短暂的时刻
被欲望的需求所腐蚀，忘记了吟诵
珍珠般的诗句。但当火焰再一次
照亮了人类前行的道路，你仍然能
看见我站在这个古老族群的前列。
永恒活在传统的仪式里，并非选择
外部的形状，尽管额骨衰老
已势不可挡，但想象让我的渴望呐喊：
叹惜小鸟再不能射出高过土墙的弧形。

火焰改变肉身的形态超过其他方式，
它将存在之物送至形而上的国度。

给亡者穿上一件永不腐烂的衣裳，
唯有此种力量能抵达未知的疆域。
不要相信生与死都能被聪明人解读，
要不然抽象地一打开后或许属于无限，
这样的结论据说就是一个疯子的发现。
让火包裹的一切再没有所谓的重量，
生命都需要有变得轻松自如的一天。

只有在诞生和死亡的重复过程，
牛角号吹出的血丝才缠绕着线轴。
当金枝的影像划破月色里的聚合，
这被称为眼睛的狂欢，最终迎来了
影像在皮囊下痉挛的回归与释放。
那里，红布缠上胜利者的欢呼，
那里，母性的颤动牵引着循环。
解脱的灵魂，穿越了星座的门扉，
音乐从群山的白昼宣称楼梯的曙色。
所有的灵魂都要遗忘感官的快乐，
俨然如同一块黑铁对立的隐喻。
快拨动那四片口弦非理性的杰作，
在那里白色的绵羊和透明的鸟儿
都将获得神灵们实至名归的赞颂。
面对亡魂的自由解放我们理应拍打击掌，
欢迎他们的亲人肃然伫立在那兹兹普乌。

评赏： 由注释可知，兹兹普乌是个地名，但又不是一个普通的地名。它是传说中彝族人灵魂回归的圣地，作品开篇第一句“那是祖先灵魂聚集的地方”也首先点明了这一点。重要的是，这个圣地并不是想象中的虚无之地，而是确有其处所，它在四川金沙江对岸的云南昭通高原腹地。虽然这种定位并不具备地理学意义上以经度纬度标识某地的精确性，但也指出了大概方位和区域。更重要的是，诗人要借此思考生与死、躯体与灵魂、生命的归属等问题。作为彝族的一员，吉狄马加以诗的形式为自己的民族代言，并赋予这种歌唱以不同寻常的庄严意味。

诗里，激情与思辨交融的句子不时闪现：“原谅我，也有过短暂的时刻 / 被欲望的需求所腐蚀，忘记了吟诵 / 珍珠般的诗句。但当火焰再一次 / 照亮了人类前行的道路，你仍然能 / 看见我站在这个古老族群的前列”。诗人这里的歌唱，既有作为古老族群一员的自豪与荣耀，同时也显示了作为人的自省与担当。

这是诗人的又一首彝人之歌。它写出了这个民族的独特性和神秘感，同时因其对于生命、人性的揭示而在某种程度上显示了诗的超越性和普遍性。与诗人青年时代步入诗坛时写下的《彝人之歌》那种相对单纯的咏唱不同，这首《兹兹普乌》以其丰盈的意象、深刻的哲思显示了诗的繁复性和形式上的难度。这也显示了吉狄马加后来诗歌风格的走向：不断挑战诗歌难度，形式灵活多变，语言表达上喜欢长句子，形成开阔、绵密、雄奇、浑厚的美学境界。（杨志学）

红艳艳的石榴花

艾克拜尔·米吉提（哈萨克族）

五十六个民族
像一朵花
红艳艳的石榴花
在春风里绽放
引得歌喉嘹亮
阿娜尔古丽 *
像石榴花一样
歌声婉转舒畅
唱得春去夏至
迎来果实累累的秋天
收获满园石榴
鲜红的石榴籽
紧紧地
抱在一起
透着那石榴花的芬芳

* 注：在维吾尔语中，石榴称“阿娜尔”，许多姑娘取名“阿娜尔古丽”，寓意像石榴花一样的姑娘。

评赏：用准、用好、用活比喻，对诗歌写作来说，是再重要不过的写作技法，《红艳艳的石榴花》也不例外。这首诗的本体是“五十六个民族”，喻体是“石榴”，不管是石榴花，还是石榴籽；不管是石榴花的“绽放”，还是石榴花的“芬芳”；不管是石榴籽的“果实累累”，还是石榴籽的“紧紧地/抱在一起”，本体与喻体之间，因形似而神似：五十六个民族在祖国的大家庭里，共享共存，共欢共庆。（*卢辉*）

红军坳

牙韩彰（壮族）

每当来到这面坡前
总会静静默念
每当踏进这个坳口
总是久久流连
那一次战斗你英勇倒下
留下的故事动人心弦

轻轻走近你的墓碑
难诉心中祈愿
深深怀想你的身影
热泪模糊双眼
你的容颜依然鲜活
你的故事长留人间

啊，不见了山前厮杀呐喊
啊，远去了山坳战火硝烟
听远处传来熟悉的歌谣
看这片蓝天白鸽翩翩

评赏：原本可能是一处平平常常的不起眼的无名山坳，只因留下了红军的战斗足迹、洒下了勇士们的热血而不再寻常，就被命名为“红军坳”。这样的山坳应该有很多。作者牙韩彰这里所写的红军坳既有其特指，同时也具有一定的代表性。开头出现的“每当”，表明作者对红军坳的拜谒、造访已是经常性行为。而“久久流连”“热泪模糊双眼”等词语表达了红军坳带给作者的内心震颤和灵魂的洗礼。红军的故事是说不尽唱不完的，所以作者干脆采取了最简洁的形式，收到了以少胜多的效果。表达上，作者还运用了反复、叠词、对仗等手法，也起到了烘托、渲染作用，增强了作品的艺术感染力。（**杨志学**）

时光是你额上深深的凝眉

石才夫（壮族）

在壮族人的母语里
我们叫你岜莱
跟花草无关
其实叫花山也很美
仿佛满山的野花
香到天外

神秘注定属于岜莱
那些悬崖上满布的斑驳
是祖先留下的天书
岜在那里
峭壁如练
正好记下寓言

祈祷一场大雨
把蛙神唤醒
巨蟒和穿山甲正好淋浴
如果是夏天
那些沉默的石头
可以饱喝一顿
舞动　搏杀
欢庆　祭祀

有酒如明江深流
云散霞飞
家园明媚

那个刚刚降生的婴儿
他的啼哭有如天籁
母亲丰满的乳房
指引未来
再凶猛的日头和洪水
也只是给岁月添加色彩
一座古老的山从此生动
一片生动的土地从此从容

岜莱花山　花山岜莱
木棉花开着风吹着百鸟在飞
时光早已不是水
是你额上深深的凝眉

评赏：壮族诗人石才夫这首诗，写了壮族人聚居地的一座山。在壮族人的母语里，这山的名字叫“岜莱”；若转换为汉语，则称作“花山”。诗的第一节就写这座山的命名，说它称作花山，其实“跟花草无关”，那么它跟什么有关呢？诗人没有直接作答，而答案就隐藏在接下来的描绘中。

在诗的第二、第三节，诗人着力渲染和描绘了此山的神秘乃至神性，充满一种庄严感，目的在于喻指这个民族漫长而富有传奇色彩的历史，让人隐约触摸和感受到了这个民族的根。这里最有名的莫过于花山岩画了，“那些悬崖上满布的斑驳 / 是祖先留下的天书”，作者的诗句点出了花山岩画的特点。花山岩画不像北方的贺兰山岩画、曼德拉山岩画那样可以近距离观赏甚至触摸，它高悬于崖壁之上，下面是滔滔奔流的江水，只能乘船观望。2016年花山岩画入选《世界遗产名录》，填补了中国岩画类文化景观在世界遗产项目中的空白。

诗人的情思可能是由花山岩画触发的，但其表达又超出了岩画景观的限制。在诗人的笔墨中，不仅有“峭壁如练”，也有“明江深流”和“家园明媚”；不仅有“古老的山”，也有“生动的土地”；不仅有“祖先留下的天书”，也有“刚刚降生的婴儿”。这些似乎都有所指涉，象征这个民族不仅厚重而且鲜活，既有历史也有未来。

最后两行“时光早已不是水 / 是你额上深深的凝眉”，活用了时光与水的隐喻关系，照应诗的题目，并完成主题的揭示与深化。（杨志学）

岜莱，或者花山

田　湘

一

天空的记忆被刻在山崖
岜莱，或者花山
只是可以转换的两种语言
就像和平与战争可以转换
就像人有时变成神
神有时又变成人

还有一些人
在山崖上被定格下来
不再是人也不再是神
而是图腾

二

太阳的火球高高挂着
锣鼓声和蛙鸣声汇入滔滔明江
英俊的舞者，手持佩剑
头戴桂冠。这是率众出征
还是赴一场爱情的盛宴

战争也罢，爱情也罢
他终究敌过了时间的利刃

在高高的崖壁上
刻下亘古的符号
岜莱，或者花山

三

木棉花开得如血一样红
崖壁上都是血性男儿
一个姿势能站立多久
一种颜色在传递什么

此刻，我站在崖壁下
从这里，我走上去
要么变成神，要么变成图腾

千年岁月留下这盛大场面
那是一个民族无声而强大的气场
花山岜莱，岜莱花山
如天籁之音，没有比这更美的语言
我的祖国就在这里：花香遍野
胜过所有的梦境

评赏： 这是一首以广西花山为描摹对象的诗。花山，壮语是“岜莱”，翻译成汉语，意思是“花花绿绿的石山”，简称花山，其具体地理位置在广西崇左市宁明县东南部的花山屯北，明江之滨。花山岩画是世界岩画史上的奇迹，也是考古学中的一个千古之谜。在明江上乘船观览花山岩画，谁都会感觉到它的不可思议：那悬崖峭壁上的符号是怎么弄上去的？想不通就别想了，写一首诗吧，像这首诗的作者田湘那样。

田湘这首诗分为三节呈现，可以将其看作“沉思—想象—抒情”的三部曲。三部分之间是跳跃的，但也是有内在关联的。第一节是作者的沉浸式思考，由岜莱与花山两种语言的转换，联想到和平与战争之间的转换，以及人与神之间的转换，随后自然引出了既不是人也不是神但又兼具人性与神性的称谓——图腾。

第二节是想象性穿越，作者由眼前的岩画联想到遥远年代，有战争故事，也有爱情故事，或者二者融合在一起的故事，它们因岩画而获得永恒，高悬于崖壁之上。

第三节由想象性穿越又回到当下，虽然仍不脱离想象，但凝聚点已转为“此刻，我站在崖壁下”的抒情。结尾由花山的“花香遍野”升华为祖国之美，也是比较自然贴切的。（杨志学）

“七一”颂歌

宋安群

你的大旗从哪里，从哪里，
从哪里映耀进了我的心坎里？
你的暖流从哪里，从哪里，
从哪里流淌进了我的心窝里？
南湖红船，七月东风起，
神州掀狂飙，改天换地，
风云一百年，奋斗不停息，
多少人前赴后继紧跟着你……

你的光辉从哪里，从哪里，
从哪里照耀进了我的心底里？
你的教导从哪里，从哪里，
从哪里铭刻进了我的心窝里？
开辟新时代，迎接新挑战，
强国强军富民，强壮自己，
七月风雄劲，红旗更鲜艳，
我们一心一意紧跟着你。

啊！
有了你阳光才灿烂，月色才明媚，
有了你星星才晶亮，彩虹才绚丽。
不怕狂风恶浪，

团结一致步伐整齐。
展望锦绣前程，
雄心满怀坚定无比。
你是中国的信心，中国的希望，
全国人民紧跟你从胜利走向胜利……

评赏：直抒胸臆是主题诗最常用的一种表达方式，《“七一”颂歌》也运用了这种方式，讴歌了中国共产党历经百年的光辉历程。这首诗，从南湖红船写到新时代，从党旗映耀写到锦绣前程，诗人始终以高亢抒怀的笔调赞美了中国共产党英明伟大、坚强有力的革命气概，讴歌了中国共产党带领中国人民从胜利走向胜利的丰功伟绩。整首诗气势昂扬，催人奋进。（*卢辉*）

梦回句町 *

黄佩华（壮族）

在云贵高原与大海之间
有一片宽阔的高地
荒古之年
始祖布洛陀挥舞巨斧，劈开了两道裂隙
粗野的一道是红水河
洪流滚滚一泻千里
温婉的一道叫驮娘江
羞羞答答清秀含蓄

两千多年前，一群离乡逃难的人
拖家带口，艰难跋涉
迁徙的脚步到此突然停止
我的先人终于停歇下来
族人们靠山而居，临河而住
播撒五谷，刀耕火种
日复一日，年复一年，一代又一代，
聪慧勇敢的男人女人们啊
后来你们逐渐有了“那”的概念

---

* 注：句［gōu］町，指句町古国，壮文为 Guek Geq Gouhdingh，是秦汉之前的一个部落联盟。该王国辖区包括今滇东南和桂西部分地区，与滇国、夜郎国、漏卧国齐名。

不仅学会了造弓箭，安陷阱，装套子，编渔网
还学会了筑水坝，造水车，垦荒田，驯野稻
将野狼驯为家狗，撵山护寨
把野牛驯为耕牛，耕田犁地
把野猪囚禁于笼，生儿育女
把悍马驯为良驹，驮物骑坐
以天大的诚意把天鹅天鸭挽留在了身边
当然还有野猫和野兔
你们，以血汗和生命奉献给了这方水土
高地的民族得以繁衍生息，生生长流

然而，过日子总不会只有风调雨顺
那一年，铺天盖地的毛虫啃光了大地的绿叶
人们又一次四散逃荒，民不聊生
那一年，东边夜郎人把战火烧到了古国腹地
一向神勇的王卜（父王）陡然血性喷发
拿起刀箭率众赶走了强敌，收复了失地
我们的古国，劫后复生，重现生机
在危机四伏的大西南坚挺了四百年

马帮的哨声已然远去
今天的高地沐浴在和煦的阳光之下
南昆高铁早已穿境而过，田西高速即将于虎年通车
族人们却依然沉醉于当年的风情
喜欢穿戴染有蓝靛味道的衣裳

爱住在底层圈养牲畜的吊脚楼里
依然五色糯米饭飘香，依然有人家流行女婚男嫁
依然精耕“坡”“那”，赶圩唱歌
梦回句町，去追回遗落千年的风景
回望句町，明天的天空更蔚蓝

评赏：这首诗以神话的笔触，再现了遗落千年的句町风景。整首诗大气磅礴，纵横捭阖，一气呵成，有着史诗般的神韵与风情。值得一提的是，这首诗在韵律、节奏、章法、修辞等方面狠下功夫，摆脱了“述而不作”的应景模式，体现出创作主体对史料的“再造”功能。特别是对空间的时间化表达运用得炉火纯青，使句町古国的历史价值与文化价值得以较好地呈现。（*卢辉*）

远山装着巨大的神秘

娜仁琪琪格（蒙古族）

草原之上是墨绿的丛林　而后就是连绵的山峦
一个人走向海日罕　浓郁低矮的灌木
向我交出了神秘　咻咻的小兽的喘息
近在咫尺

静默着坐下来　便触摸到了柔软的绒毛
漫卷的云遮住烈日　将天空压低
此时　我是离天庭最近的人　此时凡尘远离了我
纷扰远离了我　我只管静默着望向天际
瞬息万变的瑰丽　屏住了我的呼吸

啊　再没有什么可纷扰我　撼动我
在扎鲁特草原　在连绵的山岭　在草原与丛林的结合处
我把自己坐成了一株花红　坐成寂静中的寂静
阳光罅隙的瀑布　沐浴了我
淹没了我

评赏：虚题实写，这是诗歌创作的途径之一。《远山装着巨大的神秘》的中心词是“神秘”，而不是“远山”，所以，这首诗还是个虚题。那么，虚题如何实写？诗人下了一番功夫。首先，这神秘看似是墨绿的丛林、连绵的山峦与低矮的灌木。然而，诗人笔锋一转，化静为动，随着“咻咻的小兽的喘息”的出现，神秘中有了一种气息，转为天庭中涌动着“瞬息万变的瑰丽”。最终，神秘的筹码回到自己的内心，也就是“我把自己坐成了一株花红　坐成寂静中的寂静”，虚虚实实，一波三折。（*卢辉*）

藏靴作坊里的护灯者

扎西才让（藏族）

藏靴作坊里，老人在干活，孩子秉灯
坐在高椅上，
破烂的窗户里漏进一丝冷风，
将灯火吹得摇摇摆摆的，
眼看就要熄灭。

孩子慌忙竖起另一只手，遮住了固执地后倾的灯焰。
他拢手护灯的侧影，恍若一尊雕塑，
那祈祷般的手势，被灯光投射出温暖而光亮的红色。
灯芯燃烧产生了一点儿烟，这并不阻挡老人凝视孩子的眼神，
即使灯火熄灭，他们也不会淹没于黑暗。
因为，正是这个孩子，给老人带来了全世界的光。

评赏：这是一首画面感很强的诗。诗人撷取了“藏靴作坊里”的一个场景。这个场景在一般人眼里也许很平常，但诗人的剪裁与表达却赋予了它不同寻常的意义。诗里的人物是一老一小两个人，“老人在干活，孩子秉灯”，两人各有位置，各有角色分工，但又融合在一起，互相给予温暖，就像一盏灯的光芒一样。

读这首诗，我们需要关注的是，诗人发掘和呈现了“孩子秉灯”的三重意义。第一重意义是基本义，写孩子的持灯、护灯，是日常生活中的动作；第二重意义是引申义，孩子“拢手护灯的侧影，恍若一尊雕塑”，显得神圣肃穆，这是诗人赋予的，超越了基本义；第三重意义是象征义，持灯、护灯的孩子自身变成了灯，自带光亮，即结尾两行提炼出来的：“即使灯火熄灭，他们也不会淹没于黑暗。/ 因为，正是这个孩子，给老人带来了全世界的光。”这是水到渠成的升华，是诗的更高一层的境界。（杨志学）

蒙古马

龚学敏

一道夕阳的创伤。整个荒原已被点燃
草，红色鬃毛一般，奔跑到天际。

天空越来越黑，像是长鬃刷过的漆
蒙古包里的灯在风中诵经
秋风再长
也长不过它点给牧人的光亮。

草原返青，百灵用鸣叫擦拭蓝天
春天们奔涌而至
那些马嘶，是她们高贵盛开的花朵
人们用长调侍奉春天，越悠扬
草原越辽阔
蒙古马背上的上苍越仁厚。

把草原的锦绣跑成温暖的袍子
披在春天的人们身上
跑成烈酒，献给天地，和它们一茬茬
生长的精灵
跑成琴声，江水一样长。

一个浑圆的句号
地平线上的农耕日渐式微，作为牧风者
雪原盛大，所有的风都匍匐在你用时间
植成的森林边缘。

消融的必是腐朽
万物沉寂，一个站立便是整个春天。

评赏：粗略通读一遍，这首诗带给我的一个突出印象，便是其语言风格上的奔放洒脱。这与诗的题目《蒙古马》倒也非常协调。

现在我们开始慢读，诗的开头两行便值得细细品味。这两行诗自成一节，像是一幅大写意画。这是写景吗？看起来似乎是的。它以粗犷有力、线条感很强的笔墨呈现了辽阔天宇下的景象，仿佛把人一下子带进了北方草原。这幅画面由三个意象构成：一道夕阳，被点燃的荒原，以及红色鬃毛一般奔向天际的草。读到这里，这三个并列或叠加的意象让我们似有所悟：原来这个看起来很逼真的画面并非客观图景，而是诗人胸中奔涌而出的景象。看起来是在描绘草原，用了三幅图像；而实际上，它们又何尝不是对蒙古马的描摹呢？就是说，把这三个意象看作对蒙古马的三句隐喻，也未尝不可，这是高于客观现实的艺术真实。当然，将其看作既描绘草原也描绘马、马与草原融为一体的博大景象，也许是一种更加合理的解释。

把开头两行读透悟通之后，诗人接下来的表达便相对容易理解了。第二节是在黑下来的空间置入“光亮”，既是实写了“蒙古包里的灯”，同时更是对精神信仰之灯的捕捉。第三节，由“草原返青”，将草原置入特定的适宜生长的季节，这也是蒙古马最欢畅、最精神、最尽情驰骋的季节，诗人由此提炼出“草原越辽阔 / 蒙古马背上的上苍越仁厚”这样珠玉般的思想。第四节紧承第三节，进一步正面描绘蒙古马并发掘其意义，其中蕴含着诗人的美好想象与期冀。第五节，由“一个浑圆的句号”带来季节与画面的转换，也带来诗人思考的又一次转换。结尾一节，也像第一节那样由两行构成，诗人以凝练的语言予以收束，呈现出周而复始的“春天”，而且是“整个春天”，意味深长。（杨志学）

雕　像

刘向东

老远就看见你们的身影
西柏坡上，五大书记
看万山红遍，数风流人物
苍茫大地沉浮有主

伟人一挥手
秋风扫尽落叶
对这一有力的手势
老人依然熟悉
孩子是否陌生

时间再次开始了
思想大于青铜，除了
倾听，还是倾听
呼吸融入风雨
说话只用眼睛

贴近才知道
你们的心在泥土里怦然跳动
因为化身雕像
此刻悬在空中

评赏：托物言志，是诗歌创作最基本的途径之一。如何状物，如何达意？就这首《雕像》而言，不重在状物，而重在言志。的确，面对着“西柏坡上，五大书记”的雕像，这首诗并没有在雕像的形象肌里上花笔墨，而是在雕像的外观气质上点笔，如“呼吸融入风雨 / 说话只用眼睛”等等。当诗中“思想大于青铜”之时，诗人的“言志”也就油然而生。他仿佛听见雕像的心在“怦然跳动”，仿佛伟人又回到我们的身边，与我们促膝交谈。这样的心理暗示，这样的感觉领悟，完全替代了抽象的言志，让人耳目一新。若在“状物”上再多加几笔，那就妙极了！（卢辉）

阿克苏的水，都是饱含热泪的名字

安海茵

水在黎明将至时是黛色的
沾染着明眸流转
饱藏这十二时辰之中众生的眷顾
多浪河，塔里木河
收容了西域千年的咸涩和伤
却又生养万物，跫音缠绵
是这座城市沙哑而澄澈的嗓音
大漠中的胡杨如西域笔直而缄默的勇士
它珍藏每一滴晨露
以及月光淘洗后银质的歌喉

或者，我们也可将这两条河流
铺叙为这片土地上流转风韵的黛眉
将葱茏种上　将马群种上
河流给我们的题词便是——
好景在此，愿君珍惜

一场风霜过后
阿克苏的溪流点缀了沁人心脾的甜
水意浸润之下
这深秋的空气是芬芳的
夜晚也因此蕴藉吐蕊的诗酒年华

塔里木河，多浪河
这些都是饱含热泪的名字
听到的人无不鞠躬致意
它们也还是无缰的野马
浪花与蹄印所经之处
生灵全都擎举着得福的杯盏
每一处居所都有庇佑的灯光
每一盏灯光都有丰盈的遇见

评赏： 给阿克苏的溪流以心灵的命名，这着实让人心旌荡漾。应该说，诗人为心灵的命名而生，诗歌因心灵的命名而活。这首诗将塔里木河、多浪河的水化为明眸、跫音、嗓音、黛眉，化为味觉、嗅觉、视觉、听觉，化为“饱含热泪的名字”。这层层展开的“心灵图景”，这声声动人的“心灵命名”，是诗人将阿克苏的溪流融化在自己的血脉中，与其同频共振，才能写出如此“丰盈的遇见”与栩栩如生的命名。可见，给诗歌以心灵命名，就是万事万物的“情感推手”。不过，收笔稍显局促了些。（*卢辉*）

听吐尔地·尼亚孜弹唱《红玫瑰》

彭惊宇

在南疆尉犁乡间达西村的夜色里
吐尔地·尼亚孜为我们把古老的《红玫瑰》弹唱
好红好红的一朵红玫瑰，走过中世纪的黄泥城堡
中亚的太阳。一袭石榴裙裾款款翩翩馥郁芬芳

美人啊，你是一轮皓明皎洁的昆仑月
照亮我戈壁一样辽阔、一样荒凉的人生
你是塔里木的骆驼泉，滋润我焦渴的心田
你是绿洲上的桧柏，安妥灵魂的故土家园

我苦恋你的歌声一如骄阳下飞旋的沙砾
美人啊，六个月不曾见你姹紫嫣红的盛开
真心相爱的情侣终会山盟海誓永不分离
要等到何时才能拥吻你的黑眼睛和你美丽的容颜

我的心通红似烙铁。我的爱啊早已热切如焚
好红的一朵红玫瑰，雄放的夜莺变成扑火灯蛾
踏上漫漫长路我要追寻你，向你插翅飞翔
只有回到故乡和你身边，我一生的伤痕才会愈合

评赏：这是一首听弹唱而作的诗。它以浪漫的想象、热烈的倾诉，为爱情谱写了一首美丽动人的谣曲。

音乐和诗，是两种不同的艺术形式。以诗来状写音乐之美，在中国诗歌里似乎已有传统，最有名的莫过于白居易的《琵琶行》、李贺的《李凭箜篌引》等。把飘忽不定的声音定格为眼睛可见的文字，一方面传播了艺人的高超技艺，另一方面诗本身也因其独特功用而得以传播。

这里，现代诗人彭惊宇发挥其在场优势和创作主体的能动性，对新疆艺人吐尔地·尼亚孜的弹唱进行传神的描画。诗人这里只是撷取了艺人弹唱《红玫瑰》的情形。听这首爱情弹唱，诗人为我们描绘出了一位他想象中的美人，描绘了美人的容貌、服饰以及对爱情的忠贞。这是吐尔地·尼亚孜弹唱中的美人，也是诗人用文字创造的美人。诗人以“皓明皎洁的昆仑月”来比喻美人，又用了戈壁、骆驼泉等富有地域特色的意象渲染美人对“我”的吸引和滋养作用，并将美人与故乡联系在一起，让诗在“我”对美人的热烈追逐中结束。

诗的文字结束了，但其掀起的爱的风暴仍冲击着读者心坎，令人回味。（杨志学）

每一块石头都承载着国家的使命

唐成茂

面对山盟海誓
风雨中的石头
一言不发
不是石头无情
是石头要让雨水
清洗干净

我们的誓言
面对功名利禄
有的人惊喜地褪去裙子
有的人用滔滔之水
浇灭友情

只有石头
宠辱不惊　笑而不语
爱情是不是
需要石头的坚贞和坚持
人是不是
需要石头的清醒和清白

爱与哀愁是不是都像美酒
喝了就会沉醉

心扉打开是不是都像石头
无声胜有声
身当矢石　隐忍就是命运
不语才是战斗
无论人生是不是水滴石穿
石头肯定有自己的观点
石头肯定有喜怒哀乐
石头的心跳　春天一定知道
石头的爱恨　老石匠一定清楚

每一块石头
都是天上的过客和流星
每一块石头
都承载着一个国家的使命
就是粉身碎骨　身首异处
对天下人之爱　也
坚如磐石　有时还
血脉偾张

评赏：意象，对诗歌创作的重要性是不言而喻的。有的人把意象当成统一的喻体或象征物，有的人则把意象拆解成意与象，有的人则把意象当成思想的折射物。那么，这首诗显然是把意象当成思想的折射物，即把意象（石头）作为思想的折射点，放射出关于石头的条条光线：既有石头的“一言不发”“宠辱不惊”，又有石头的“喜怒哀乐”“粉身碎骨”；既有“水滴石穿”，又有“坚如磐石”。这些对石头“人格化”的描写，无不表达了诗人对石头所折射出的人格品位与思想光泽由衷的赞美。当然，诗的标题过于庞大，诗中的内容还不能完全“顶托”。（卢辉）

阿左旗，致马英

安　琪

不曾去过的地方却有见过一次的朋友
那地方便也仿佛曾经去过。阿左旗！

遥遥的一双手从北京，伸向广宗寺，举着
一颗心敲响那口祈愿的钟，钟声咚咚，祝福你

我的朋友，我用一颗滴血的心祝福你，马英
你自由穿行在汉语和蒙古语之间的身形多么矫捷

你是语言的通灵者、贺兰山原始森林的一棵松
你是马英！立冬这日我用汉语为你写下一首诗

一首友谊的诗等你译成蒙古语
念给天鹅湖听、念给通湖草原听、念给腾格里沙漠听

游历回来回到阿左旗我就能骑上金黄色的骏马
来到你的蒙古高原，就能与恩克哈达和你相聚！

评赏：游历诗很容易写成“立此存照”，但安琪的这首诗却没有过度把眼光投放在“应景”的地方。她没有花过多的笔墨去写阿左旗，而是通过马英这个特定的人物激活了阿左旗。就拿这首诗歌的开头来说：“不曾去过的地方却有见过一次的朋友”，以这样突兀而偶然的方式开场，往往在结构上给人留下悬念和神秘，这也符合诗歌自身的神性特征。接着诗人把马英作为“语言的通灵者”置身于阿左旗，接通了草原、高原与沙漠，接通了世间万物，一个小小的阿左旗成了一个大大的世界。然而，真正“生命化”的阿左旗，囿于篇幅，这首诗还未抵达。（卢辉）

北部湾的水

冯　娜（白族）

北部湾的水，平衡着亚热带的海洋季风
芦苇低垂，等待着群鸟飞来
南方大地，珍贵的雨水在渗透在灌溉
——盛夏蓊郁，怎能只有一种水浸润

平坦的洼地，接纳了所有的雨露
水带来湿漉漉的眼睛
它好奇地打量着一只鹳的头颅
从初春的雾中听见你的声音
波纹张翕，蜻蜓、荷叶呼吸薄如扁舟缓缓
驶过，另一个季节的回声

评赏：看题目及诗里的描绘，我们知道这是一首地理风景诗。诗人开篇一句即为“北部湾的水”定了性，说它“平衡着亚热带的海洋季风”，如此便写出了“北部湾的水”的独特生态价值。诗的第一节可谓从大处落墨，呈现了北部湾开阔雄浑的景象。接下来第二节，诗人通过一句“平坦的洼地，接纳了所有的雨露”这样仍然具有生态意义的描绘自然过渡之后，又变为从细处用笔，聚焦了“湿漉漉的眼睛”“一只鹤的头颅”等鲜活场景，呈现出一种生机盎然的气象，以及掠过人心头的欢悦之情。

这是一首短小的诗，显示了诗人简笔勾勒、剪裁生活的能力；这是一首轻盈的诗，于自然美的呈现中唤起人拥抱生活的热情。（杨志学）

广西的每一粒松子，都与热爱有关

余述平

在广西的十万大山里，
每一粒松子，都热爱过悬置和空中，
与风雨反复恋爱，
直到身心布满了皱纹，
也还在学会承受，
它懂得被人托举着，
不是为了欣赏漂泊而来的阳光，
而是吞下了，
把它化为自己的力量，
这个世界，
只有你把苦难当成了饱满，
你无论有多成熟，
都是有光泽的，
那些伴随过你的风雨，
早就变成了你身体里的内容。

评赏： 诗歌写作也讲“透视”，也就是面对大千世界，不仅仅用眼去看，而且要用心去“看”。用心去“看”，讲的就是一种透视。这首诗，就是用心去“看”的好作品。松子，很多人都知道，不管是在松树上的“悬置”，也不管是落在地下的“风雨”，不管是“身心布满了皱纹”，也不管是“把苦难当成了饱满”，松子就是松子，它吞下“漂泊而来的阳光”，将其化为自己的力量，把风雨变成了“身体里的内容”。可见，诗人较少去描摹松子，更多的是用心去“看”，去透视松子，多层次透视出松子的“精神内质”。不过，若能呈现一些松子的“苦难”历练，效果应该会更好。（卢辉）

发　现

爱　松

你的眼光，落在
一块塌陷的骨骼上

落满尘垢的骨骼
已经，软化变异

你紧紧盯着它
像盯住，经久的往事

其中黑色的部分
如闪电的影子，戳疼了你

它安装着一个陷阱
在平滑处，等待

究竟，多少泪水和失眠
才糅合成，一个肿块

究竟，多少凝望和等待
才汇集成，这片星空

评赏：诗歌写作，有时标题就预示着一种技法。那么，这首诗以《发现》为题，就是诗歌写作技法的一种。说到“发现”，其实就是对事物的命名，就是赋予事物的第一“推动力”。正如，被人津津乐道的“世上并不缺少美，而是缺少发现美的眼睛”。就拿这首诗来说，一块塌陷的、落满尘垢的骨骼极易被遮蔽与覆盖，而偏偏是诗人的“发现”，挽留并恢复了“经久的往事”：这段往事有“闪电的影子”，有“多少泪水和失眠 / 才糅合成，一个肿块”，有“多少凝望和等待 / 才汇集成，这片星空”。诗人的发现，无疑是自主的、自觉的省悟，是对那段历史的铭记。当然，读者肯定希望诗人的“发现点”再具象一些。（卢辉）

苹 果

林 白

书桌上的苹果是最后一只
我从未与一只苹果如此厮守过
从一月底到二月
再到三月二十日。

稀薄的芬芳安抚了我
某种缩塌我也完全明白。
在时远时近的距离中
你斑斓的拳头张开
我就会看见诗——
那棕色的核。

我心无旁骛奔赴你的颜色
嫩黄、姜黄与橘黄
你的汁液包藏万物
而我激烈地越过自身。

我超现实地想到了塞尚
他的苹果与果盘
那些色彩的响度
与喑哑的答言。

我不可避免地要想到
里尔克关于塞尚的通信：
你的内部已震动 *
兀自升腾又跌落，
要极其切近事实是何等不易。

评赏： 这是一首关于平静生活中静观默想的诗。苹果是诗的切入点。苹果的安静与人的清静在此得以吻合。但苹果最终只是道具，而作者的思绪是流动的、跳跃的，它越过苹果的静，于“你斑斓的拳头张开”中看见了诗的内核。诗人甚至具体地说出了这内核的颜色，它是棕色的。这是苹果的颜色吗？似乎是，又似乎不是。苹果切开后，在某一时刻可能是棕色的。一方面，诗人思想的动与苹果的静形成一种矛盾张力；另一方面，苹果颜色的变化与人的情感变幻的颜色也在某种程度上获得一致。思维的跳跃，推动诗人越过安静，专注地“奔赴你的颜色”。这里“你”是谁？是苹果吗？是，又似乎不是。这颜色在“嫩黄、姜黄与橘黄”之间变幻，类似苹果颜色的变化过程。但这苹果实际上带有形而上的意味。诗人随后写到塞尚的苹果——色彩的苹果，它看似具体，其实是超现实的。最后作者联想到“里尔克关于塞尚的通信”，意在借此完成对自己这首诗的主题的揭示，这主题就蕴含在结尾三行，即里尔克的诗句里。（杨志学）

* 注：末尾三行引自里尔克的诗。里尔克，奥地利诗人。

整座城景都在看你

海　男

整座城景都在看你，天生的忧伤
天生的孤单，天生的尊贵
我被你挟持，更愿意为你所流放
美，永远是繁花后，在幕后为自己庆典

沿着你从四月突围而来的幻境
我们愿意为你而结束漫长的战役
紫色烟花，最适宜我躺下来
忘却那些人世的虚荣者伪装的美丽
这是梦境吗？所有人都不再聒噪
所有人都不再清理仇恨和爱的陷阱

让我走出去吧，走出你设置的迷宫
我结束了患难，我不再设置他人的地狱
我成了我，你成了你

在你那里，世界无限期地被绵延出去
在我这里，有一座刚搭起的空中花园

评赏： 诗题及首句均为“整座城景都在看你”，这句话可以看作理解此诗的一个关键信息，而隐含在这句话之后的另一句是“你也在看整座城景”。这样理解时，我们可能会联想到李白的诗“相看两不厌”，以及现代诗人卞之琳的短诗《断章》。而诗人这里的表达并不是照搬，而是有自己的趣味和命意的。“整座城景都在看你”，衬托了“你”的孤单，同时“你”也许因为这种“看”而不再孤单。诗写出了这种矛盾中的统一性，意在表现一种特立独行，一种不为“繁花”所迷醉的独立性。诗的第一节已经把这一生活趣味表达得比较充足，而从第二节起，诗人又不断拓展诗意，如人称由“我”变为“我们”，隐含在“为你而结束漫长的战役”中的对人为对峙的解除，以及接下来所写的，在“走出你设置的迷宫”同时也“不再设置他人的地狱”之后，便可实现“我成了我，你成了你”，双方各自获得超越。最后，“你”的世界无比开阔，而“我”也在“空中花园”的陶醉中走向澄明、自足的境界。可见，这首诗实际上是对人的生活状态的一种隐喻和揭示。（杨志学）

经过我身体的鸟

曹　翔（普米族）

又一次经过，让我走得很慢
鸟鸣声划破夜空，流出了
红色的眼泪，自此
身体里的颤动再也没有停止过
那个穿透了仿佛又停留在身体里的鸟
在最疼痛的位置，一点点长齐羽翅
从此爱上了复式结构的木楞房
我要偿还给它炊烟
一日三餐，四季的衣裳
甚至夜不能寐的交谈
假如，我还有纵身一跃的勇气
就能打开紧闭的大门
就能多看一眼生长着的微妙变化
多少年过去了
我是我，我也非我
在我皈依与叛离的路上
那只经过我身体的鸟
不时敲打着我，似乎要告诫什么
可能是谎言和事实，可能是
过程和结局，拥有和失去
抑或，什么也不是

评赏： 这首诗状写“经过我身体的鸟”，带有明显的玄思色彩。诗人通过这只鸟，或许意在打开内心的隐秘。这是一只既具体又抽象的鸟，冥冥之中它似乎主宰了“我”。“我”的情感经历、人生变化，好像都和“那个穿透了仿佛又停留在身体里的鸟”有关。这样，一切便都可以理解了，尽管这只鸟告诉“我”的，“可能是谎言和事实”的混合体，甚至“什么也不是”，但它毕竟也提供了一种路径。（杨志学）

一朵白云的样子

盘妙彬

他乡遇上果园，在此读完旅途上的小说
一个小男孩被一只手牵走

落枫河左岸
山脉雄壮，奔腾，金色阳光照耀十一月末的山峰
留言上说我可以上去，三日后抵达
亲爱的远方
我在窗前遥望，写信，一朵白云的样子

甲树，乙树，丙树，丁树
在窗外
像是北海道，西贡*，伊斯坦布尔，布宜诺斯艾利斯
一树之一域，一座果园之私人
我在树下散步
果子摘了，少年从树上下来，代我去寄信
他骑自行车下坡
他是一棵树，会移到惠灵顿，奥斯陆，华沙，里斯本

远山历历，时光放纵
小男孩离去，少年不见，我问自己去了哪里
一个中年人走出来，一朵白云的样子

---

*注：今越南胡志明市。

评赏： 盘妙彬的诗多采用意识流动的写法。这首《一朵白云的样子》同样表现得比较典型。看似不着边际，其实在朝着一个方向聚拢；看似漫不经心，其实有意志的凝聚点。诗里，“小男孩”与“我”是什么关系？读完全诗细细品味不难得出答案。“小男孩离去，少年不见”，是时光使然；而“我”化作“一个中年人走出来”，也是时间的作用，恰如“一朵白云的样子”，是自然流动的状态，也是无法抗拒的自然规律。

在此意义上，可以将此诗看作不无自传色彩的一首诗，它看似闲散，其实很好地隐喻了人生，表达了人走过的道路。“一朵白云的样子”这个意象，既喻指了人的行走与成长，也象征着“我”当下的状态。

这首诗共四节。其中，一、三节相呼应，第三节的“少年”呼应着第一节的“小男孩”；二、四节形成照应，两节的末尾均为“一朵白云的样子”，其内涵是相同中又略有不同。（杨志学）

白马镇

黄土路（壮族）

白马镇来自一部小说
或者一首诗
我合上一本书
一个虚无的小镇
正在大地的褶皱里发光
它以阳光存在
也以清亮的雨水存在
我听青鸟咳嗽
在铺展至远方的
虚无的田野

我听见每个字发出草叶的声音
又发出火的声音
在白马小镇
我撒开腿开始奔跑
书页在耳边翻动
一个老奶奶提着两壶酒回家
在下一页
变成一个坐在水泥砖上做作业的少女
再下一页
水泥砖建起的小屋
墙壁已经斑驳

穿过黄金村
放学的孩子正走在作业本的横线上
我看到作业本上长出更多事物
正赶着鸭子回家的老爷爷
在风中停止生长的树
回家的诗人
路上睡着的老狗
在禁止河流转弯的地方
我与一只老牛猝然相遇
它抬起头
眼睛里有另一个
起雾的小镇

我在小镇合上书本
书页停止翻动
白马镇在我眼前
一马平川
在富来酒店六楼
我看到太阳猛然下垂
月亮，还在赶来的路上

评赏：本来是存在于小说或诗里的虚无的小镇、虚无的村庄，现在作者又将其写入诗歌里，开篇即提示其虚拟性。作者对这个小镇作了具有时间跨度的叙写，并且写了几个细节，具有浓厚的生活气息，显得很逼真。是的，文学是虚构的，是一种艺术概括，但好的小说、诗歌因其来自生活又高于生活的书写而显得更加真实。就像这首诗所写，白马镇是虚构的，但它是许多小镇的缩影；诗里，提着两壶酒的老奶奶、做作业的少女、赶着鸭子回家的老爷爷、放学的孩子等人物，也都是虚拟的，但他们又是千千万万个老人与孩童的化身。作者打通现实与过往，以自己的体验和视野，写出小镇、村庄及其人物的发展、变化，令人读来感到亲切有趣，并可引发人们关于虚构与真实、诗与生活等问题的思考。（杨志学）

宇宙的另一边

朱山坡

我将要越过最漫长的路去跟你会合
途中会缺氧、摇晃、寒冷、孤独
睁开眼睛也看不到流石和尘埃
无数的星球排起队列
像我们曾经一起穿过的密林
但即使我误入歧途，它们也沉默不语

一切都命中注定
此路迢迢，我甚至无法告诉你
是否一定经过冥王星

但我会一路在想，你在那一边
日常都会干什么
那么辽阔，那么清澈
不应只有一所房子
屋前屋后，是否有树、蔷薇和湖泊
黄昏的山坡是否有马在走动
风吹过原野，远处是否有回响
梦醒之时，天际是否还有亮光

我将要越过最黑暗的路去与你汇合
途中，我要大声歌唱或恸哭

以此告诉你，我们越来越近
这一边，已经全部结束
一切都从你那边重新开始

评赏： 读这首诗，我们可能会问：诗里写到的“你”是谁？由诗的题目《宇宙的另一边》可以推测，此人应该是一个已不在人世的人，但他又是一个让“我”经常怀念的人，以至于产生了“将要越过最漫长的路”乃至“最黑暗的路”去与之汇合的念头。

此诗表达的就是这样一种突发奇想的追寻。诗里写到了无数星球、冥王星等巨大意象，起到了平衡悲伤、压制低沉的作用，仿佛真的是要穿越生死界限，到“宇宙的另一边”去把“你”找到似的。

但这也许是一种没有结果的追寻。“我”也意识到这样做可能是“误入歧途”，但是星球和密林却不告诉“我”。尽管如此，“我”依然执着地追寻，并坚信离“你”已经“越来越近”了。诗看起来似乎有点寓言或科幻色彩，但其侧重点仍在于表达真切的情感，以及对人生和生命的思考。（杨志学）

对　话

非　亚

有一个女人在夜晚
打开窗户
朝外面呼喊

对面的高楼
只有亮着灯光的
几个窗口

作为一种愿望
几只鸟儿
扑楞楞地从那个女人身上
飞了出去

另一个男人
站在另一幢楼房的窗前
将伸出去的双手
变成树枝
接受了那几只
鸟儿的飞翔

他们夜空中的
对话

躲在树木之上的月亮与星星
全听到了
我作为一朵云
在他们头顶
停留了
片刻

然后和微风一起
给他们
送上了祝福

评赏： 其实，诗的本质并非真实世界的一个部分，或一个摹本，而是独自存在的一个世界。这首《对话》诗，描述的就是人与世界、人与自然、人与人的对话情景，这个情景亦真亦幻，若即若离，很有一种神秘感。因此，我们把这个对话情景看成是独立的、完整的、自己管自己的景象。那么，为了让读者充分了解这个世界，这首诗通过人们常见而又亲切的纯静世相与自然景观，引导读者进入这个世界，懂得这个世界的法则，并且暂时回避真实世界中的纷扰与喧嚣。（*卢辉*）

在燕山上

刘 频

在燕山上
白云丈量着一只蚂蚁的脚步
大好河山，被史书反读成山河好大
我的亲人还在青铜里反复争夺功名
落日里，有三千匹马的爱与恨
我爱的那个人，她的热血早已玉化
当滚滚奔雷把叛将的头颅斩落
在春夜喜雨里
一个哑巴居然喊出来——
谁能看见祖国山川内心的美
谁才有资格去死！

评赏：燕山是自然的，也是社会的；燕山是历史的，也是时代的；燕山是文化的，也是生命的……如此丰厚的燕山，它已经从单一的地理标签中走出来，化身为一个可以让后人“对号入座”的象征物，以此获得历史根脉、时代风云、生命伦理与精神资源的“整合”。这首短诗好就好在截取了属于燕山各种属性的“片断”，让读者在地理标识、时光隧道与历史风云的交错中，感受到来自燕山的一股浓浓的生与死、爱与恨的悲壮气息。尤其是结尾，一个哑巴居然能“喊”，而且是不一般的“喊”声，真可谓是：于无声处听惊雷。短短几行诗，一波三折，跌宕起伏，令人深思。当然，也许是暗喻乃至反讽所需，诗中隐去了一些特指的事象，会给一些不知典故的读者带来领悟上的障碍。（*卢辉*）

向南的海

庞　白

这里的绿色，会说话，有喜怒，能自己走路
这里的人和植物，在草坪、山坡和海边
交换着内心的香气

这里的风儿温暖，阳光温柔，沙滩洁白
三十功名尘与土，八千里路云和月
这里的风儿和我们一起，贴在大海的胸口，诉说欢喜

汉之风，老的街，来自东西南北的人
有凝视，有恍惚，有呢喃，有高歌
在这里，期待未来，拓宽天地

这些浪漫主义者，这些理想主义的信徒
以大海的名义，举诗为号，相邀向南
丝绸路上看世界，心胸坦荡，山青水碧

上天安排每一个人，生活在每一个地方
让人们在各自的生命历程中，奔波、劳累和收获
安排每一座山，每一条河，每一片海
以各自的形态呈现，展示神秘、丰富和风姿

这，就是我们和这个南方沿海城市的使命
在这个稍微高于海平面的地方
我们的目光穿越生死，志向青云直上
我们的心跳，在辽阔中，瞬间加剧

我们深知，眼前的海洋，深不可测
我们相信，茫茫的大水，洪波涌起
所有生命都将陆续复活
全部悲伤都是如虎添翼
靠北，向南，从北部湾出发
向南是西沙、马六甲海峡、好望角
是澳洲、美洲、欧洲、太平洋、大西洋
是面对全世界的期许

评赏：曹操在《观沧海》中吟道："日月之行，若出其中；星汉灿烂，若出其里。"抒写出了大海的浩瀚。可见，千百年来，大海已成为人们"歌以咏志"的最好载体，庞白《向南的海》也不例外。与曹操的《观沧海》所不同的是，曹操是以心海对沧海，庞白则是以沧海纳万象。曹操的海可纳"三十功名尘与土，八千里路云和月"；庞白的海可纳茫茫人海，可纳全世界。特别是庞白将"向南的海"以各自的形态呈现：展示神秘、丰富和风姿，勾勒出一幅让全世界期许的"海图"，一个完美、和谐的大同世界。（*卢辉*）

灵渠一夜

刘　春

我曾多次来到这里，看这条河流
没有理由，也从不预先规划
如同爱情，有时出于寂寞，有时故意为之
有时仅仅出于偶然
我不关心她从何处来，要往何处去
会不会迷路、后悔，甚至哭泣

通常，我会在她身边停留一晚
枕着涛声，躁动的心会稍稍安静
思绪回溯两千年：有人笙歌燕舞，有人起义
有人一本正经建筑国家的堤坝，将苦水盛进
良心的杯盏。这样，即使在梦中
心也醒着，也能找到命运的划痕

现在是深秋，我再次与她邂逅
她似乎老了，身体瘦得要飞，不再饱含汁液
浅浅的一泊，像天使的泪滴
干净，纯洁而孤独
河滩上无数的砖石芒草，像无数条皱纹
嶙嶙峋峋描绘大地的图景

或许这是我的幻觉？——她从未流动过
从未向东移动，从未分岔
高迈的心，与银河平行
我有着与她同样的梦想——
不喧哗、不盲从，记录感激、欢乐、悲伤
以及被时代的大海遗忘的部分。

评赏： 一首游历诗贵在“精神驻扎”，而不仅仅是描摹与寄情。刘春的《灵渠一夜》就写出了“精神驻扎”灵渠之后的心灵萌动与命运反思。可见，好的游历诗，很少纠缠于描摹是否准确，是否还原了自然或遗迹的原貌。正如刘春的《灵渠一夜》，这首诗的着眼点是放在“反思”灵渠，而不是“还原”灵渠。因为，在刘春的眼里，灵渠早已积淀于心，它的“形”早已融化在他的内心，化成了“与银河平行”高迈的心。正是与灵渠同呼吸共命运，于是，不管是欢乐与悲伤，“我”都能保持“不喧哗、不盲从”。（*卢辉*）

诗歌之上

琼　柳（壮族）

诗歌之上，月光潇洒
试图从身体外部向内透视
道路变得柔软，迫不及待的人
在铺满水色的梦中滑行
这个人，不明白，他为什么
想把月亮揣在怀里，并且
捏出血来，涂鸦

诗歌之中，字眼藏风
把微小的事物压低，生命
不可承受之轻，漂浮在半空
这些突如其来的香客，用全世界
各种语言，开诚布公，然后
就对着冰凉的石头唱歌，仿佛
归宿，唯独只有那里

诗歌之下，幽暗站姿很好
手迹逐渐腐败，蚂蚁成群聚堆
渡河，乐此不疲，简单快活
脑袋扎着花朵，在红尘里相会
偶尔，暴雨如注，平息焦渴
唇舌吐翠呈现青绿，叹气瞬间
有人出生，有人死去

评赏： 写诗，又以《诗歌之上》为题，可见，新诗写作也需要理念上的“设计”。就拿这首《诗歌之上》来说，其实，诗人是写了诗歌之上、之中、之下的情形，也就是写了天、人与地。为此，当你去读这首诗的时候，大可不必急于去分析它，而是让它在读的过程中激起你哪怕是纯为自娱的想象，从而将它的全部印象给予你。那时候，你难道会把某一意义看成高于一切的东西吗？可见，写诗并不是一个完全成形的灵魂寄寓在躯体之中，这躯体也许只有两三个模糊的观念，以及一些零散的短语。恰恰是这样，诗人也就是在构思与设计过程中逐渐确立了自我，确定了诗歌之上、之中与之下的情形。（*卢辉*）

壮美花山

黄　鹏（壮族）

生活的笑靥如花绽放
动听的山歌似水流长
悠久的花山，美丽的壮乡
沐浴新时代温暖的阳光

这是骆越民族的故乡
代代先民的精神
如连绵起伏的山梁
这是壮族儿女的家乡
祖祖辈辈的血脉
似江河奔腾的波浪

爷爷披荆斩棘
刀耕火种，驱兽垦荒
奶奶抚育子女
织布砍柴，艰难惆怅
父亲辛劳耕作
培育幸福，播种希望
母亲穿针走线
描绘彩虹，编织曙光
而我，正是在花山的怀抱中
孕育生长，欢声歌唱

是花山的乳汁将我喂养
甜甜乳汁充满母爱的芳香
是花山的怀抱给我温暖
风雨岁月坚定信念不迷茫
是花山的山峰给我刚强
奋斗征程勇往直前不彷徨
是花山的水充盈我血脉
人生旅途挺起自信的脊梁
岁月更替山川的容颜
风雨催动江河的流淌
许多历史的色彩已经苍白平淡
多少曾经的喧闹已经不再声响
而花山岩画依然鲜艳闪耀
山峦与河流涌动幸福快乐的向往
小康社会的伟大成就
像金子一样闪闪发亮
家乡泥泞的山路变成了硬化大道
村里危旧的瓦屋变成了崭新楼房
高速公路、高铁动车
拉动壮乡巨变的喜悦来来往往
铜鼓铿锵，伴随父亲的山歌激荡
壮锦斑斓，和着母亲的笑脸绽放
绿水青山就是金山银山
乡村振兴的画面熠熠发光

九万里风鹏正举
八桂壮乡歌声扬

花山，壮美的花山
新规划的蓝图
正在展开新篇章
与蓝图、篇章相关的方方面面
在镰刀铁锤的辉映下
如群星闪耀，闪耀着
共同富裕、实现梦想的光芒
新时代的赞歌
在此起彼伏地传唱
花山，这个魅力四射的地方
明江浇灌着历史的理想
沃土生长着现实的辉煌

啊，花山，壮美的花山
你是愚公移山的山
你是十万大山的山
你是绿水青山的山
你是山高水长的山
你是父亲的山，是母亲的山
你是故乡的山，是我的花山

评赏：这是一首献给花山的诗歌，也是一首献给生活在这里的壮族儿女的诗歌。花山已成为一种象征，是壮乡容颜和精神的化身。它有悠久厚重的历史，更有灿烂辉煌的现实。如花的生活，如画的江山，青山绿水，金山银山，不能不令人歌唱。把再多的诗歌献给花山、献给家乡，也都是不过分的。

作者的歌唱是发自内心的，也写出了千千万万花山儿女、壮乡儿女的心声。诗人激情澎湃，表达上多用赋的手法，反复咏唱，具有一唱三叹的功效，反映了今日壮乡人乐观、自信、豪迈的精神面貌。

这样风格的诗，虽然书写较直接，侧重于外部生活的叙述，但由于作者感情真切，能够以情感驱使语言，文辞瑰丽，节奏铿锵，因此这样的诗适合朗诵，也可以很好地发挥诗歌鼓舞人的作用。当然，若有修改机会，如何适当含蓄一些，让诗意更饱满、境界更深邃，也许是值得作者思考的课题。（杨志学）

一种拒绝超现实的送别

大　雁

一盲人老农，在医院弥留
他说想回家，家人说不行
他说想摸一下猪，家人沉默

我去买猪，时间紧迫，买到一块带皮猪肉
温水烫一烫，让它有温度
在它侧面穿孔绑它上我背胛
我去病房，我是一头可以让人摸的猪
我双肘为蹄撑住瓷砖在一只手底下拱动
病房里的嘴巴们，有的在小心翼翼学猪叫

事完后。回到家
一只猪，刚刚到了宰杀期，几日都没人理它了
我真的背了一些什么东西回来
我把自己放在它旁边，我觉得我想归还它点什么
但是又不好意思，毕竟它是猪，也不懂我

不过它不可能连触感都不懂吧?
我背了一只甩不掉的手回来
继续摸它，实在地喂它
不排除要亲自宰它送它

评赏： 及事写作类似于叙事诗，被当下不少诗人所采用，《一种拒绝超现实的送别》就有这样的特点。作为及事写作，这首诗的“事”看似有些“超现实”，有些荒诞，甚至有些“冷幽默”，为何读者一点都不觉得荒诞或滑稽，反而对这场“送别”投以肃穆的神情，反而觉得这一个“超现实”的举动，一点都不“超现实”，仿佛就是一场注定要发生的“送别”，以撩拨人们最柔软的内心。是呀，一场生离死别所演绎出的“超现实”场景无不以最现实的真相直通人心。不过，叙述中有必要“间离”出情感地带与心理现场，这样可避免叙述后的琐碎。(*卢辉*)

看不清白马

大　朵（壮族）

你不能看清一匹白马
因为白马
也从未认定自己是
一匹马

它纯净得像
雪花飘飞荒原
它在现实和梦之间
朝去朝回
夜去夜归

一匹白马
即便伏于槽枥间
也不是囚禁
它一直在扬蹄
缰绳拴不住一匹白马
和一匹马的白

甚至你也看不清一朵莲
那不是一朵花
你无法在污泥间安放
轻浮的名词

它在游走
有时与一位孤傲者对弈
有时为一位落魄者还魂
有时护送
一只野蜂回家

以花的形状存在
那是你固有的虚幻的莲
当你移目别处
一朵莲其实已不在原处

只有闭目
你才能离地三尺
一匹白马一朵莲
跳跃于黑的底色上
那是真的马
真的花

评赏：这首诗类似于一首禅诗：心动万物生，心明云雾开。就这首《看不清白马》来说，不管是以我观物，还是以物观我；不管是以物观物，还是以我观我，这首禅诗的核心：我心即物，万象皆备于我。于是："只有闭目 / 你才能离地三尺 / 一匹白马一朵莲 / 跳跃于黑的底色上 / 那是真的马 / 真的花"。由此可见，这首诗符合禅宗常说的三种境界。第一境是"落叶满空山，何处寻行迹"；第二境是"空山无人，水流花开"；第三境是"万古长空，一朝风月"。这三种境界，可以归结为我心飞扬、万物一体的禅境。（卢辉）

河流走过那么多弯路

高作苦

从文龙径，到北部湾
要经过多少村落、良田、清湖、炊烟？
它每况愈下，心胸却越发宽广
河道变宽，黄鹤变旧
我差点就捉住它，它却从大坝纵身一跃
把内心积蓄的漆黑，化为洁白的怒吼

临河揽镜，我把弯曲的自己，献给波浪
把拐弯拉直，把酝酿已久的村庄
射向远方，这条无需瞄准的河
射中多少阿哥阿妹，柔软的心扉

还有多少道路未涌现，多少鸡鸣狗吠
沉默或逍遥，被时光大勺倾力泼出
沿山疾走，其中一棵树包含前世
请不要问，隐秘的事物被小心拾起
弯曲的河流会复位，它寻找到大海之后
春水来，旧时代被滴滴答答淋湿个透

评赏：河流走过的弯路就好比人所走过的弯路，因此，这首诗以拟人化的写作技法，对河的“走势”“神情”“气质”“意志”做了很巧妙的设计，将世间万象、人间冷暖通过河流或“纵身一跃”或“沿山疾走”或“怒吼”或“复位”栩栩如生地展现出来，给河流以“人格化”的表达与展示。同时，这首诗，通过“我”与河流“相濡以沫”的命缘关系，体现出物我合一的和谐气象。不过，最后一句的收笔显得局促了些。（*卢辉*）

遇见黄姚

荣　斌（壮族）

我在这里遇见山，遇见水
遇见十二月的初霜和凝露
斯是福祉，残荷未央
沿着深巷风烟的味道
我总想看一看
那些被草木浸染过的美好晨光

我在这里遇见的风
从一千年前吹过来
遇见峰峦上亮出的一角湛蓝
已流云斑驳
而旧梦依稀
古道上凌乱的车马仄仄而去
散落在带龙河两岸的
是一片静谧而满目疮痍的绿

天空并没有留下飞鸟的翅膀
来者皆是客
不为慕名，也不为仰望
但人在黄姚，可以遇见自己
遇见半城清秀，半城芳华

所有景象都是被放大的记忆
所有的人
都在这里误以为回到了故乡

评赏： 一处历史遗迹，如何化静为动？《遇见黄姚》这首诗进行了一些探索。众所周知，历史悠久的村镇，作为中华文化底蕴最深厚却又最脆弱的地带，需要有心人去呵护它，发现它，感知它，激活它，使文化遗存能在古今交汇的光点中被人看见，使它与伟大永恒的事物保持着联系。这首诗正是从文化遗存亦真亦幻的隐秘处，汲取到历史的精华，找到生命的跃动。为此，这首诗透过历史的光斑，从中捕捉到转瞬即逝的遗存之光，并将其投影于现实的客体，重新送还人间。（卢辉）

崇左白头叶猴的世界

李海光（壮族）

喀斯特地貌，鸟鸣跌落
万物望而却步

天地呈上陡峭之词
一百万年，白头叶猴
迎着左江与明江之风奔走
把陡峭抱紧

把那悬崖打开，横过来
石山洞穴，那是家园
黑色体毛与白毛正好
与绝壁相和

修长四肢，更修长的尾巴
攀爬是族谱必修课
从幼崽就开始

这驰越的光阴
跳跃，嬉戏，采食
已经确认的避险与放飞

它们把一片旷野丈量
素食主义者，主食树叶
揣度万物轮回
数十种植物，循环撷取

此时，午休时间
一只白头叶猴在背阳的
岩石上闭目养神
被江涛洗浴过
端坐风中，一种庄严与隐喻

评赏：广西崇左是一个独特而富有的地方。我这里说的富有是有特别含义的。崇左不仅有罕见的岩画，而且有珍稀动物白头叶猴。据专家介绍，白头叶猴在世界范围内只有中国有，在中国只有广西有，在广西只有崇左有。白头叶猴的数量一度非常稀少，比大熊猫还要珍贵。这与白头叶猴对环境的独特要求有关。所以说，崇左是值得骄傲的。诗人写崇左，如果还没有关注到崇左的白头叶猴，那就总还是一种缺憾。

所以仅从题材看，这首诗就很有意义，诗人把诗的题目定为《崇左白头叶猴的世界》也很醒目，这等于是为崇左打出一张靓丽的名片，具有一定的传播效应。

我们再看文本。开头从喀斯特地貌下笔，首先交代这里的环境令“万物望而却步”，但是却为白头叶猴的生存、生长所必须，因为白头叶猴非常轻巧灵便，它们“把陡峭抱紧”，它们“与绝壁相和”，它们以“石山洞穴”为家，它们把攀爬作为必修课。诗人以简要的笔墨，勾勒出了白头叶猴的生存特点与生活习性。联想到人类是万物之灵长，其进化过程也变得越来越文明了，但同时人与原始的自然环境也就越来越产生隔膜了。现在我们天天说要保护环境、要与大自然和谐共生，就是因为人类已经把自然环境破坏得不成样子了，就此而言，人类确实还不如白头叶猴那样文明，那样懂得善待自然。白头叶猴还有一个非常可贵的地方——它们是素食主义者。本诗就这一点也做了描绘，说白头叶猴要撷取“数十种植物”生活，难能可贵。

诗的最后一节也很精彩，作者捕捉到了“一只白头叶猴”在江边石头上“闭目养神”的细节，似乎有匠心在，但结尾一行又直接点明“一种庄严与隐喻”，则显得不够含蓄，影响了诗的蕴藉和深度。（**杨志学**）

我的桂西北

费　城（壮族）

我热爱你
如同热爱整个世界
热爱它的高尚与卑微
如同热爱你的
道貌岸然与奋不顾身

看，我们的家园
花团锦簇，勤劳的乡民
长着如此朴实的面孔
我们走在大街上
我们走在祖国的土地上
迎着风，目不斜视
我们心怀远大的理想
战天战地战贫困

曙光就在近旁
润湿了脚下的土地
啊，这是祖国的土地
啊，想起祖国
我就想起我的桂西北
那里草木葱茏，人心向上
人间处处有庄园

啊，想起祖国
我就想起我的故乡
啊，想起故乡
我的心就颤抖得厉害
那里有富饶的疆土
如同我辽阔的内心
那些隐没的城池
在我的指掌遥控之外

评赏： 诗歌贵在真，有真情实感，能直抒胸臆，费城的《我的桂西北》就是以真诚见长的一首诗。这首诗的“真”表现在：一是故乡与祖国与世界连成一体，构成“人间处处有庄园”的一个大同世界；二是“我”与故乡与祖国与世界心心相映，不可分离。整首诗将“富饶的疆土”与“辽阔的内心”贯穿在一起，情绪饱满，一气呵成。（*卢辉*）

左江·斜塔

石朝雄（壮族）

清清的左江水
穿越于富饶的红土地
清清的左江风
荡漾着俊秀的左江水

同样俊秀的，还有
兀立江心的这一座斜塔
以玩命的姿态
全力压制住江里的妖龙
降服了桀骜不驯的洪魔，从此而今
数万平方公里的左江流域五谷丰登

斜塔以一种卓尔不群的气质
伫立于木棉盛开的南疆
以倾斜的身姿
谦恭地俯视着世世代代
在岸边劳作的人们
聆听江风捎来的
悠扬天琴声，还有左江流水的
阵阵叹息

左江不语，斜塔无言
千载浮云悠悠飘过的声响
失落在风里
犁耙执着地镌刻着这片土地
留下年代一道道锈迹斑斑的刻度

左江作证，斜塔作证
我的祖先在这里生活过
笑过，哭过，醉过
还一定爱过，甚至恨过
斜塔曾见证数百年风月
忽远忽近的硝烟和帆影
祖先繁衍生息的土地
珍藏左江源远流长的传奇

兀立江心的归龙塔
就这样无依无靠地倾斜着
就这样孤独地、默默地坚守着
坚守这一片无数人的血色土地
就这样以虔诚的身姿
膜拜千里江岸山崖之上
不朽的图腾

清清的左江水
翻阅岁月无字的波光
巍巍的归龙塔
追寻逐渐风化的记忆
塔影，是长在左江心里的
一桩心事

评赏：这首诗是为左江及左江斜塔而作的一首赞歌。左江的作用不言而喻，它装点江山，湿润气候，让土地富饶。那么，“兀立江心的”斜塔呢？它的作用何在？作者在第二节作了回答，说斜塔的作用在于“压制住江里的妖龙”，令土地风调雨顺五谷丰登，这便让斜塔陡增传奇与神秘色彩，符合人的现实心理，也是文艺作品中常见的描述。

左江与斜塔既各自独立，又融为一体，二者互为风景、互相作用，成为这方土地的标志物，见证了“我的祖先在这里生活过”。作者连用了“笑过”“哭过”“醉过”“爱过”“恨过”五个感情色彩浓郁的时态动词，表达了岁月的沧桑和生活的变迁，也体现了对这片土地深厚的爱恋。

最后一节以意味深长的画面作结，在照应第一节的同时又增加了新的内容，根据斜塔的作用而称其为“归龙塔”。结尾一句“塔影，是长在左江心里的 / 一桩心事”可谓精彩的一笔，令人回味再三。（杨志学）

仰望一碗螺蛳粉

又 见（壮族）

我注视着一碗螺蛳粉
二两的米粉分量
酸的笋子，酸的豆角
辣的油料，精致的汤汁
干炸的腐竹，小小的花生米
还有至少两颗的螺蛳
在柳江河畔，这是标配

我看见它向我走来
从稻作民族的厨房
从各家各户的门廊
从壮乡瑶寨的房前屋后
从侗家人家的坛坛罐罐里
还散发着苗人的气息
走向四面八方

大米是最初的原料
龙脊梯田是活水源泉
稻香里裹满童年的味道
而那豆角和辣椒蓬长着
在田边的山脚下
在石山里，还有那竹笋

像节节高的日子

最是那闪亮登场的一瞬
所有的仰望都聚集
在一碗粉里
酸甜苦辣，香鲜杂陈
呛得我大汗淋漓
爽得歪歪，幸福满满
分不清天南和地北
酸来自哪里
辣是谁家院
那汤水又是哪条河的味道

我的仰望甚至超越
一座城，超越旷野和山川
超越族群和人类
因为这殷实的碗里
蓄满着相透的味道
一个东方民族
共同的食粮

评赏：螺蛳粉作为广西食谱的“名片”，肯定有其相当的“词”性，作者正是抓住了螺蛳粉特有的出处、食材、味道，最后将其衍生为“一个东方民族 / 共同的食粮”。一首诗，以小见大也好，见微知著也罢，对于诗人来说关键的是如何从小处着笔，大处着眼。《仰望一碗螺蛳粉》这首诗，从其标题“仰望”起笔，诗人已经赋予螺蛳粉不凡的经历与品质。从“酸甜苦辣，香鲜杂陈”到“爽得歪歪，幸福满满”；从它“散发着苗人的气息”到“那汤水又是哪条河的味道”；从“所有的仰望都聚集 / 在一碗粉里”到“我的仰望甚至超越 / 一座城，超越旷野和山川 / 超越族群和人类”，这小中见大的笔法，逐渐把“仰”以及为何而“仰”的情感抒发出来。（*卢辉*）

金鸡山的天空

谢夷珊

此刻能够俯瞰的地方依稀可见
一览众山小。故国的崇山峻岭高耸入云
异域的丘陵低地，小如蠕动的蝼蚁
当你极目远眺，也能触及遥远的大海

这是金鸡山，清早闻鸡起舞
金鸡山是祖国的金鸡山
我的躯体却如黄昏般疲惫
内心恍惚坠落界河，几乎溺水而亡
最终你又从界河浮游上来
仰望无杂质的天空，随即用诗歌嚎叫

金鸡山的天空，有广阔的深蓝
也有浅白、淡黄和血红
当经历苦难和硝烟，我们互为兄弟姐妹
当反目为仇，你我曾肝肠寸断

随口一声呐喊，随口一声长嘶
你的奔跑便是我的追逐
偌大的天空，鲜红的血光
你仰望高山，我住在大海

评赏： 不管是作为战争遗迹的金鸡山，还是作为文化遗存的金鸡山，作者不去还原硝烟弥漫的战场，而是用“诗歌嚎叫”来介入这场战斗，足见“我”对这场苦难和硝烟的“肝肠寸断”。从这首诗来看，新诗写作的主客体的互换往往能成就新诗写作。按理，主体是金鸡山曾经的“苦难和硝烟”，客体是“我”思“我”想。但是，这首诗将主体隐到幕后，让“我”登上前台，通过“我”对金鸡山的情绪波动与内心还原，反客为主，再现了那段让人难以忘怀的历史。只可惜对特定史料中的人与事没有确指，使诗歌少了些厚度。（*卢辉*）

秋天的新娘

杨　辉

秋，越过夏的眉端
从黛青色的山那边
扶风而来
途经云水间那扇轩窗
唤醒你一世的情感

我是在江南的望安亭下
在一声声横笛里相遇秋天
那时节啊，白月光与笛声
倾泻下来，从四面八方
覆盖了我，也覆盖了
亭前波光粼粼的湖面

秋风轻轻
秋水凉凉
今夜是谁抚慰秋天
天空醒着的星子
又是谁的目光

八千里相思
驮一匹秋天的白马
从一首诗里出发

携带眷念疾驰远方

秋声飒飒
秋意苍苍
你着一袭洁白的裙裾
成为秋天的新娘

评赏： 这是一首爱情诗，只不过写得有点朦朦胧胧、若隐若现。因为从诗里没有看到明晰的爱情故事，似乎只看到了故事发生的时空背景和季节氛围。而诗人对秋天则描绘得比较充分，如秋风，秋水，秋天的声音，秋天的月光等等，画出了浓浓秋色，形成了浓厚的抒情氛围。就此而言，定此诗为一首关于秋天的风景诗也未尝不可，至于“秋天的新娘”可以看作秋天里的一个亮点，是风景里的风景。当然，由于诗的题目是《秋天的新娘》，诗的结尾也进一步点明“你着一袭洁白的裙裾 / 成为秋天的新娘”，再结合诗里写到的“八千里相思”“秋天的白马”等，将其看作一首爱情诗也许更贴近诗意。至于爱情故事详情如何，那是秘密，由你想象去吧。（杨志学）

花开巴暮山

桐　雨（仫佬族）

他们说，不求同日生，但愿同日死！
他们说，齐心革命，决不叛变！
他们说，一人死难，大家报仇！

他们在水岩洞
饮血酒，结同盟
他们是那地十八名革命青年

他们心怀信仰
他们坚定革命
他们不断壮大
成为有力的战斗队伍

他们打土豪打劣绅
打地主民团武装
打国民党反动派
他们是红七军第三纵队第四游击大队

他们英勇善战
抵抗一次又一次的围剿
破解敌人放毒水、烧毒烟的阴谋

他们从水岩洞转战巴暮山
他们打光身上的所有子弹
他们投尽身边的所有石块

在巴暮山的百丈悬崖
那个叫蓝志仁的革命先烈
带领七名男勇士和一名女勇士
拼尽最后的力量
用自己的身躯
抱住敌人跳下山崖壮烈牺牲
那是1932年9月21日“狼牙山五壮士”英勇就义前九年
同样的秋天，同样的悲壮
枫叶染红了山坡
像热血催生的花朵

评赏：这是一首红色主题诗歌，讲述了新民主主义革命时期红军战士的斗争故事。故事发生在巴暮山。十八个热血青年，开始只是“不求同日生，但愿同日死”的结盟，后来投身革命队伍。在巴暮山战斗中，他们打光了身上所有子弹，最后九名勇士抱着敌人跳下悬崖，开出英雄的花朵。诗题《花开巴暮山》即包含了这样的逻辑：正因为革命英雄的热血浇灌，才换来了巴暮山的花开，换来了今天的美好生活。“巴暮山九壮士”的故事，有点类似“狼牙山五壮士”，但比“狼牙山五壮士”的事迹早了九年。在表达上，此诗语言刚健有力，同时在一定程度上注意了谋篇和形象性，因而作品具有较强的感染力。（杨志学）

今晚的月亮看得见每一个人

梁 洪(壮族)

云团很厚
但月亮穿过云的缝隙
照亮凤翔路的夜空

广州的朋友发来的图
和凤翔路的天象一样

而早些时候
我们多年不见的几个大学同学
在武鸣灵水旁的壮文学校相会相悦
此时的壮族同学赵一高
正在天等县小山乡的老家
烤着火抽着烟喝着茶享受清闲
在更早些时候
分散在八桂大地的瑶族同学共庆盘王节
而侗族同学吴桂贞回到侗乡三江
欢度六十五周年县庆
西林县的几个初中同学
爬上八达镇坡皿村豆腐屯苗寨
在苗族同学马文忠家里畅饮

而远在北京的朋友安妮
单曲循环　听了十几遍《寻梦环游记》主题曲
“你住在我心底　在每个分离的夜里
为你唱一首歌”
听得她
眼泪随夕阳落下
梦想与月亮升起

今晚的月亮很大
它住在很远的地方
但它看得见　我们每一个人

评赏：如果套用笛卡尔的“我思故我在”的话，那么，这首诗是否可以说是“我思故他在”？的确，《今晚的月亮看得见每一个人》这首诗里的月亮就是我，我就是月亮。作者用白描的手法，将月亮与我、我与月亮，将月亮与他（她）、他（她）与月亮全都串联起来，诗中没有掺入半点感情元素，然而，通过呈现天南地北的同窗学友各自的存在式样，把思念的情绪于无声处渗透出来，这便是这首诗的高明之处。（卢辉）

不变的色彩

何述强（仫佬族）

雨水打过　冰雪冻过
硝烟考验过　血火洗礼过
宿过荒野　飞过铁索
翻过草地　穿过大漠

也曾痛过　也曾思索
黑夜里寻觅　春风里放歌
破茧成蝶　移山改岳
一个召唤　燎原烈火

从大山要来挺拔
从大地要来辽阔
从江海要来浩荡
从人民要来磅礴
信仰是首不变的歌
澎湃着我们的脉搏
信仰是不变的色彩
芳华百年灿若星河

评赏：这首诗的创作灵感应该来自当地的民谣、民俗、民风，从节奏、韵律、词意、结构上可见一斑。在作者看来，诗歌的可读、可感、可思是很重要的。为此，作者在这三个方面狠下功夫。一是可读，朗朗上口，铿锵悦耳；二是可感，时空通透，画面感强；三是可思，提炼精准，诗意明晰。有了这“三可”，切近民风的诗歌才容易被人吟诵与传播，这应该也是新诗走向大众很好的途径。（*卢辉*）

虚　构

黄　芳

你说你正在末班地铁里
车窗上
贴着几张疲惫的脸
突然出现的灯火通明的站台
空无一人
像被黑夜拽进去又扔出来的
一座座空城
轰隆，轰隆，轰隆
我听得很清楚
似乎那列末班车，就在我身边
呼啸而过
把我的黑夜撕开，撕开
却怎么也撕不完
我蹲在街角，向你虚构了月亮和繁星
——它们清澈又闪烁
正照着我回家

评赏：这又是一首标题即体现写作技法的诗歌，当诗意生活具有某种虚幻性的特点时，诗意生活就会“本能地”被激活，黄芳的《虚构》也有这样的特点。这首诗虚构的地点为地铁，地铁，这个看似日常又极易产生异常的场所，常常显形于人们的梦境或艺术家们先知先觉的幻象中。这首诗突然出现的异常包括“车窗上 / 贴着几张疲惫的脸 / 突然出现的灯火通明的站台 / 空无一人”等，就是在这个异样的场域里，作者就想恢复这个时代的心理安宁，即“虚构了月亮和繁星 /——它们清澈又闪烁 / 正照着我回家”。由此可见，诗人的任务就是去创造一种哪怕没有实践意义的“现实”，而这个虚构的“现实”正是代表着一种理想的秩序。（*卢辉*）

广西红

钟纪新

一片片红土地呼唤着远逝的英雄，
一道道红水河浪奔涛涌，
一面面红铜鼓擂醒了沉睡的大山，
一树树红棉花烧红了历史的天空。

广西红，广西红，
红七军的红星点燃了革命的火种；
广西红，广西红，
红了花山红了初心红了太阳风。

一颗颗红绣球划出了爱的彩虹，
一把把红豆豆情深意重，
一条条红背带正托起新生的希望，
一岭岭红山茶正展现时代的新容。

广西红，广西红，
红树林的红霞张开了大海的心胸；
广西红，广西红，
红了壮锦红了征程红了中国梦。

评赏： 这首诗是对“广西红”的命名与发掘。广西“红”的元素当然很多，这里只侧重提及了红七军，以及红山茶、红树林等，围绕一个“红”字做了构思。诗写得比较简练，形式上像歌词，讲究节奏韵律，同时运用了铺排、复沓、照应等修辞手法。比如，第一节、第三节运用了排比，形成有力的气势；第二节、第四节运用了反复，起到了强化作用。同时，从整体看，第三节与第一节形成照应，第四节与第二节形成照应。短短一首诗，可以看出作者的艺术构思和形式上的讲究。（杨志学）

小月亮

蓝敏妮（壮族）

另一个路口
在夕阳投射到黄土墙上的光斑中

女人们在讨论一双新袜子
玻璃丝袜崭新，紧实又透气
那样甜蜜欢悦的口吻，仿佛
那一双丝袜穿在美得惨绝人寰的双腿上

一群当了妈妈的女人在畅谈一双袜子
模仿子宫的包裹与围护
用丝袜套住了小身子的婴儿
蚕蛹一样透明而恬静

从没有穿过丝袜的这一群女人
从墙上的光束里走进去
在婴孩小嘴翕动的涟漪里
鹅颈鹤步的女孩越上群山，摸到了
自己想要的月亮

评赏：毫无疑问，《小月亮》是一首神话色彩很浓的诗。但这首诗没有沉湎于奇幻意象，而是将神话色彩点染在人们日常事务中，特别是与女人有关的情景里，如诗中一再呈现的“一双袜子”，把有无“一双袜子”当成是美的获取或丧失的分水岭，进而上升为寻找月亮、寻找美、寻找天国精神的企图与渴望。由此可见，个体的感性向超个体的神性复归的时候，神话自然是人类感觉世界和把握世界的一种方式，就像“鹅颈鹤步的女孩越上群山，摸到了 / 自己想要的月亮”。不过，由于少了特定的地域、确指的人群，《小月亮》少了点亦真亦幻的效果。（卢辉）

井冈山龙潭记

陈爱中

只要活着，记忆就会洒满山林
无论是血雨腥风，还是柳绿花红
摩挲的历史质地坚硬，有炭火的气息

雨水浸入的呼吸有青苔的味道，
无眠的杜鹃是惊悸的枫叶，血迹滑行
并亲昵泥土的芬芳，缠绕蚯蚓扭动的腰肢

该如何思忖青衫看到的时代？或者
阴晴的蛊惑？牵牵绊绊的枝条
总想着覆盖能够触摸到的一切
有棱角的竹子是有思想的，沉默是雾霭
并不理会手的召唤，已有的见证让它富足

这里的阳光舔舐过血刃，穿透硝烟，并寻找
经幡的飘扬，经它抚慰过的，都是生命的迹象
即便是石头或者焦枯已久的树桩
继续沉默并饱满，并在不可知的时空里，
寂静映衬肃穆的影子，还有浸染呐喊的晨昏

评赏：井冈山是红色圣地，已化作中国人的集体记忆。这首诗的首句“只要活着，记忆就会洒满山林”便是在表达这种记忆的深刻性和永久性。接下来，作者用了“血雨腥风”和“柳绿花红”两个意象，喻指昨天和今天的不同生活，当然二者之间的逻辑关系也寓于其中。作者写的是井冈山龙潭，诗行里的一些词组也便隐约传达出了龙潭的环境特点，如“青苔的味道”“无眠的杜鹃”“牵牵绊绊的枝条”“有棱角的竹子”，以及“石头或者焦枯已久的树桩”，都是这里的存在物，它们各有所指，也隐含着作者对历史与现实的思考。（杨志学）

秋天的甘蔗林

安乔子

甘蔗林被风的尺度量着：“足足有十亩
秋天有一笔好数目”
笔直的部分是熟透的甜
垂下的是蔗叶的思想
空气里有无数的糖工厂
在时间的内部酝酿着蜜
从林中穿过的拿刀子的农妇
暗暗地和蔗叶的锋芒对抗
回忆里充满了甜的风
搬运甘蔗的老汉
他们扛着梦想
走在奔小康的大道上
一群欢呼雀跃的孩子围过来
谈论着对甜的构想
只有老一辈的人懂得
苦过的人，更知道甜的意义
被砍伐的根部，更懂得甜润刀口
外地的卡车摆满了路边
它们将搬运甜的故事
那是甘蔗林的明天
运送的是穷人的远方

评赏：甘蔗林在南方比较多见，它在秋天成熟并被收割。这首诗以“足足有十亩”的一处甘蔗林为对象，写出了作者的所见所想。诗里的描写多围绕一个“甜”字，如“熟透的甜”“无数的糖工厂”“酝酿着蜜”等词语所表现的。在此基础上，诗人升华了一些思想，如“他们扛着梦想”“苦过的人，更知道甜的意义”，还不无匠心地写到一群孩子也在“谈论着对甜的构想”，这些都与甘蔗林密切相关，也是由甘蔗林生发出来的。作者的表达比较自然。如果诗的结尾能够有些出人意料的转折，或许会更富有新意，带来更大的诗意空间。（杨志学）

情满里高

陈雅北

现在我正想着
那朵被遗忘的小花
一个全新的小镇
在旧林地的后面
正在改变它以往的旧模样
田园阡陌　情满四季

那时我还在农村看收割晚稻。田里有水
长满浮萍。四叶
你看他们用竹筛过滤碎米
小鸡鸣叫

石磨上流着豆的乳汁
你是这里的主人
围墙边上高大的万年青。爬满
三七里高的冬天阴郁。我们都会
想念阳光　春暖花开

你不一定会喜欢那些起伏的丘陵
临近的八步桥连接南北
那儿没有其他声音吧。一大清早
雨都会让整个山谷清晰会儿，我听到

云雀在树梢的高处
向往“自由”的那种回响
之后是流水滴落在青岗墨石上
发出清脆悦耳的旋律
一切都具备早期，我允诺的安静、完满、幸福和甜蜜

在我们的头顶就是成片种植的青花梨
香甜的口味让我热爱又留恋
现在，我的年龄又过了一个季度
我能记住的就是眼前，忘了触摸叶上的脉纹

评赏： 这是一首很有农耕气息的诗歌，通篇弥漫着乡土味，给人一种“安静、完满、幸福和甜蜜”的感觉。这首诗最可贵之处是它清新的语言，如“田里有水 / 长满浮萍。四叶 / 你看他们用竹筛过滤碎米 / 小鸡鸣叫”；其次是它的节奏感，如“我听到 / 云雀在树梢的高处 / 向往‘自由’的那种回响 / 之后是流水滴落在青岗墨石上 / 发出清脆悦耳的旋律”。不管是清新的语言，还是动感的节奏，诗人始终把二者当成是新诗最美丽的外衣，当成是新诗走向广阔舞台的最强音。（*卢辉*）

移民搬迁户

李道芝

住在石山区的房子
久而久之，她的体魄坚如磐石
像石榴树从石头缝生长
开红色的花，结红色的果

那个瘦小的农妇，丧偶多年
在屯内养牛，每天将它们放出去吃草
趁日落再赶回来，无数重复的日子
远远听见声响在山谷回荡

起初她抱怨不是被牛困住的
被无形的梗绊住了
老人生病吃药，小孩读书上学
贫困似乎让人迈不开脚

易地搬迁政策下来
像种子撒进他们的心窝
她笑着说——“我来这里，就没想过回去”
即使四十岁年纪还在县城找工作
打零工，开店铺，摘茶油
她布满厚茧的双手
在七月，更多了一缕芒果清香

那些山，掩盖她明亮的轮廓
而她仿佛正在燃烧，让自己释放
再也不用羡慕山外的人间

评赏：及事写作为新诗开拓了丰富的言说方式，也为新诗主题写作提供了很好的写作途径。就拿《移民搬迁户》来说，由于这首诗运用的是“事象”而不是“意象”，整首诗的“细节含量”十分充裕，诗人对主题的提炼也变得更加得心应手。诗中所及的“她”，在搬迁的前后对比中显示出“异质”内涵，为主题的提炼作了很好的铺垫。到了“她”“再也不用羡慕山外的人间”时，诗的主题得到了升华。（*卢辉*）

覃塘新荷

羽微微

郡是古郡，荷是新荷。
人是来来往往。
刚刚过午，睡莲便睡着了。
这满池的呓语
细听时，却只有清香。
那么往前走
荷池一望无尽
单瓣重瓣，白的红的
出于淤泥而不染何其难
更难的是你还盛放
是你的心事只如莲子若干颗。
往前走，往前走
我也开始舒展
我的心如荷叶
侧着把几滴往事滴在池中。

评赏：这首短诗，宛如一幅清新淡雅的水墨画。既是“古郡”，又有“新荷”，自然便吸引了更多的人“来来往往”。虽然游人甚多却也并未破坏这里的安静。作者捕捉了这里的静：“刚刚过午，睡莲便睡着了。/ 这满池的呓语 / 细听时，却只有清香。”又描画出了这里“单瓣重瓣，白的红的”荷花绽放时的亮丽色彩与活泼生机。在这样的体察、欣赏中，诗人一边感叹莲荷在清静中的“盛放”及其心事的简单，一边不由自主地把自己的身心也融了进去，结尾一句“侧着把几滴往事滴在池中”可谓点睛之笔，实现了“无我之境”与“有我之境”的融合统一。（杨志学）

赏　荷

夕　夏

我已经适应喧哗和浮想
无数赞美仿佛舌尖晶莹的蜂蜜
蜜蜂飞到莲池，落在盛开荷花上
即使角落最沉默的那朵
光那么狭小，两对蝴蝶
它们和我一样，都有一颗悲悯心
都同时注意到这束折断的莲

如今，我和万物经历时间消磨
消磨体内多余的水分
消磨淤泥下日渐稀少的养分
消磨爬满昼夜的忧伤
一点点填充干枯的池塘，我应该看到
我和莲有着相似命运
从出生到死亡，风间叹息
正窃取短暂的青春

评赏：这首《赏荷》诗，其侧重点在于“赏”。不断激发出主体的意志，不断散发出思想的光束。一开始便是意念的释放：“我已经适应喧哗和浮想。”作者慨叹社会的快速发展对人的心灵的腐蚀。甜言蜜语的赞美不绝于耳，让作者联想到“蜂蜜”，由蜂蜜又自然想到蜜蜂。“蜜蜂飞到莲池”，也牵引了“我”赏荷的目光。在荷塘，不光有蜜蜂，还有“两对蝴蝶”。蜜蜂和蝴蝶这样的小精灵，和“我”一样，都关注到了“折断的莲”，由此生出“悲悯心”和“忧伤”，以及关于“相似命运”“短暂的青春”的感叹。在此意义上可以说，这是一首主体压倒客体、思想大于意象的诗，呈现出来的是典型的“有我之境”。（杨志学）

岭垌村

伍 迁

小时候
村里上年纪的老人对我说
岭垌村的龙窑
最火时有99座
从圭江源头的石梯口
一直沿河绵延到仓田村和大荣村

后来
我从《北流乡土地理》上知道
岭垌村在800多年前的南宋
就是我国南方生产陶瓷最早的地方

1985年
我们家吃饭用的粗瓷大碗
还是岭垌村生产的
母亲说
翻过屋背的杂塘岗
再爬几座大山
就是岭垌村了

许多年过去了
我一直想去岭垌村

捡拾一片南宋时留下的瓷片
捡拾曾经的繁华和喧嚣
捡拾从年少到如今
还没有实现的梦

评赏：在中国大地上，有一些村庄看起来非常普通甚至很不起眼，但实际上却有自己的不凡乃至传奇之处。这首《岭垌村》记述的就是一例。此诗的逻辑结构是很明晰的。前面三节，分别从三个方面，道出了作者为岭垌村写诗的三个原因。第一节讲岭垌村龙窑众多，“我”从小就有深刻印象；第二节言岭垌村生产陶瓷的历史可以追溯到“800多年前的南宋”，这便令人肃然起敬；第三节又透露一个信息，“我们家吃饭用的粗瓷大碗/还是岭垌村生产的”，这样岭垌村便和“我”有了直接关系。有了这三点，“我”到岭垌村去看看应该是情理之中的事情吧？最后一节便回答了这个问题，不无遗憾地道出这是一个至今“还没有实现的梦”。这在情理上来说便构成了一种转折，让诗有了波澜，有了弦外之音。（杨志学）

聆听青冈树

宾　阳

最近我知道世上有一种青冈树
听说很坚硬
比云贵高原绝壁悬崖的岩石还硬
能穿破岩石砸向苍穹
比桂西北乡亲们的刀还硬
漫山遍野砍不完烧不尽
比儿子心头的肉还硬
把持着父亲的灵魂

但这么坚硬的树
以前我居然没有见过
甚至也没听说过
直至到了一个叫隆林的地方
遇上了一个叫郭金世的人

他说，青冈树的身子
有点弯，像父亲的腰
青冈树的皮
又粗又厚，像父亲的手
青冈树把身段放得很低，像父亲的日常
青冈树的木质虽然坚硬
但一身裂纹，建房和做家具

都不会用它
锄头和锄柄中间有时松动了
加个青冈楔子就可以固定
青冈楔子时时承受挤压，却也无怨无悔
野蛮生长的青冈树总是自生自灭
始终坚守一方土地

他说，青冈树像水烟筒，像苞谷
像三月的山花，也像冬天的遗嘱
嵌入生命，总想拾起，却放不下
他说，青冈树在隆林
在桂西北，在云贵高原
无处不在，如影随形
他说，他的父亲就是青冈树
许许多多人的父亲都是青冈树

评赏：这首诗记录了作者“聆听青冈树”的经历和过程。关于青冈树的讲述，让“我”受到触动乃至震撼。这讲述本身可能就是诗，所以诗人记录和呈现了它。

诗是从青冈树的“坚硬”开始描写的。比岩石还硬、比刀还硬的青冈树，“以前我居然没有见过 / 甚至也没听说过”，但现在它闯入了“我”的视野。在隆林这个地方，“一个叫郭金世的人”向“我”讲述了青冈树。

讲述的重点，是强调青冈树像父亲，方方面面都像父亲。很明显，这首诗是借助青冈树来谈论父亲的。诗从外形、用途、品性等多方面展示和挖掘了青冈树也即父亲的独特形象。这样的形象，在广西、云南、贵州等地区，可以说非常普遍。这种棱角分明、个性鲜明的父亲形象，既有云贵高原地区的独特性，同时在一定意义上也可以说超越了地区限制。（杨志学）

胜利村岭上的黑山羊

韦汉权（壮族）

在雅龙乡，特困村胜利村岭上的黑山羊
很久以来，它们通通被称为山羊
两三只，或者几百只上千只
沿着通往草场的路径跑跑停停
像山民肆意于脚下的土地

那是个下雨天
我在八里九弯坳上目睹一切：
一个昼夜兼程的人
他身负使命
他雨中低下又扬起受潮的脸庞
追随着那一串串山羊前行的脚步

我是从另一侧上山的
此刻无法描述我的感动
包括不远处流动的咩咩的羊群
以及身边淙淙的山泉

“只道一声辛苦是不够的，
我和村民们的见证！”村主任说
还有千千万万相似的素材
像大山里静默的石头

此刻除了披露
还有我最迟到的触及

羊群终于全部回归
那人下了几弯石阶，他看见我
他说：这就是我所说的老村
变成的新村
和其他的弄场一样
静默在夜的烟雨，却温暖得
如同一件羊绒

评赏：这首诗由黑山羊所引发的“感动”是无以言表的，一连串的所见所闻、所思所想，都因为黑山羊的“静默”而感慨。是的，不管是“胜利村岭上的黑山羊”“通通被称为山羊”，还是“羊群终于全部回归”“如同一件羊绒”，这一“冷”一“热”，道出了黑山羊静默不屈的意志。诗人重在“披露”黑山羊的命运，表达了对黑山羊由衷的赞叹之情。如果对于黑山羊“命之所在”有更多的细节烘托，就更能撼动人心。（卢辉）

刘家三姐

杨　合

唐朝的下枧河畔
大姐二姐已经出嫁
刘家三姐
撑起竹筏
在水波间欢唱
一幅幅画面
美得白云躲闪
美得山花害羞
美得整个朝代都在偷笑
刘三姐，把抒情的山歌
放入下枧河
传遍天涯
一千多年来的故事
在石壁上和书卷里
美如彩霞
三姐，三姐，刘家三姐
是唐朝的一首歌谣
是东方的一段神话
在那个满面尘垢的年代
她的心中，始终
盛开鲜花

评赏：刘三姐是民间传说中的人物，因一部电影而家喻户晓，其民间歌手或歌仙的形象已经定型，后人们在开展申遗工作时将其生活地域确定为今广西河池地区。

用一首小诗来写刘三姐，怎么写，写什么，确实需要考虑。此诗首句“唐朝的下枧河畔”，将刘三姐确定在一个时空坐标上。接着，根据刘三姐的名字而推演出一句“大姐二姐已经出嫁”，这属于合理想象。随后的篇幅即是将刘三姐置于“水波间欢唱”(这是勾勒出典型环境中的典型人物)，侧重写她唱歌的效果。对这效果的描写，小诗不吝笔墨。先是写自然物的反应，接着是“整个朝代”的倾听，随后是千百年来的流传。在即将结束时，又升华出“唐朝的一首歌谣”和“东方的一段神话”两句，这种概况是比较准确的。

作为一首小诗，此诗还是比较轻灵有趣的。当然，如果能够笔走偏锋或多些深入挖掘，也许会更加出彩。(杨志学)

命运相连

三个 A（壮族）

平整土地
小块变大块了
危房改造
房子变漂亮了
扶贫政策
日子有盼头了
城市与小乡村
连着一条路
闪电穿过云层
连着天与地
五十六个民族
你连我
我连着她

评赏： 以极简的方式表达繁复的主题，这种极简主义的表达方式在当下诗坛备受年轻诗人的喜爱。极简主义的好处是：以少胜多，以一当十。就拿这首《命运相连》来说，“平整土地 / 小块变大块了”“城市与小乡村 / 连着一条路”“闪电穿过云层 / 连着天与地”，也许有人会问，这不是明摆着的东西吗？恰恰是这个“明摆”（极简），诗人话中有“话”，以“明”暗示，最终把“五十六个民族 / 你连我 / 我连着她”（命运相连）和盘托出，达到了以简显丰的效果。（*卢辉*）

那年的火车

湖南锈才

那时的火车
一律是营养不良的绿色
心律不齐地喘着粗气，呜呜冒着黑烟
老想着赚钱，“七块八块”地喊着
感觉它特像我，青春萌动
隔老远整座候车楼都在颤抖
那是我第一次坐火车
一晚上都在那只千足虫上
兴奋地走来走去

那晚的月亮好圆好亮
那时我们的脸多新鲜
那时的你，风大一点就能刮跑
我们竟都是从那个铁家伙上下来的
想想都有趣
那时这个城市多新鲜
一切都像刚睡醒
冬晨街道一泡泡牛粪
在阳光下冒着热气
街道还不是柏油路，一地黄泥
黄牛成群结队，慢条斯理地横过马路
见了红绿灯也不知礼让

街巷窜过来的狗都是白话口音
那时我们多么小鲜肉
到一个陌生城市
实现崭新的新闻理想
不像现在
雾霾横流，不见蓝天
更不是纸媒寒冬，人人自危

那晚的月色真好
那年的火车一直在记忆里风驰电掣

评赏：第一节对火车的描述真是活灵活现，这是带着与绿皮火车“同呼吸共命运”的心境与处境才有可能写出如此“心心相映”的诗句：“那时的火车 / 一律是营养不良的绿色 / 心律不齐地喘着粗气，呜呜冒着黑烟 / 老想着赚钱，‘七块八块’地喊着”。在这里，有颜色，有表情；有心理，有言语；有判断，有描述；多方位，多层次，多角度把“那年的火车”勾勒出来。的确，一个年代的遗存“穿越”到当下，肯定要发生心境与处境的碰撞，进而衍生出时代的“变”与“不变”。若还能在“那年的火车”上延伸出更多的“时代本相”，而不急于“下车”，诗就更完美了。（*卢辉*）

同心糍粑大又圆

陈　宁

元宵夜，万龙大山车喧人欢
大琴村鸟龙屯，文化中心歌迎远客
盏盏夜灯延绵，如群星拱围着
今夜银色的圆月

篝火升起来了
糍粑打起来了

壮家扛来最干爽的竹子柴炭
汉人运来不逊都市迪吧的音响设备
苗家抱来一袋袋香甜的糯米粉
瑶人拉来亮闪闪的打糍粑工具
仫佬族老弟们抱来一坛坛香酒
侗家带来手拉手的芦笙多耶舞
布依族姐妹的山歌情意缠绕
像风铃串串飘过云端

七个大石锅，无数根大木杵
多语种多音调的吆喝中
一起一落，一落一起
齐力去舂，去舂，去舂

春出丰饶香甜
春出幸福小康
糯米粉在吆喝声中香软成团
黏上了山里人家七色祝福心声

远远近近，丰收之后的田野坡地
沐着月光，铺展出饱满银白的景观
歌舞升平中，今夜的元宵糍粑
与越走越近的月亮一样
又大又圆

评赏：这首诗写出了多民族多语种多音调在一片吆喝声中的共欢与共享，场面铺排十分广阔，客观再现了民族大团结的宏大主题。这首诗由于选取的是较为典型的篝火打糍粑的习俗，字里行间都是那些“春出丰饶香甜/春出幸福小康”的场景与愿景。这首诗因为重在铺排，诗人展现了对整个场景语言调度的得心应手。可见，人有所得，心有所悟，正是最好的写作方式与写作状态。（*卢辉*）

梦回大良石门

周统宽（壮族）

好久没回大良石门
种瓜得豆的小屁孩
如今已是城里的小老头
当初水库底劳动的号子
如今翻腾鱼的欢畅
歇脚半山腰的箩筐扁担
置换成一顶顶露营的帐篷

翼王石达开怀揣的太平天国梦想
已深刻成摩崖上的一段历史
晴朗的天空有金色的阳光
果园有金橘和金凤凰

年逾古稀的小学老师
教乡亲们讲外国话
也教游客讲土语
讲芋头粥和红薯窑
也讲走出大山的狗娃

肩扛背驮的山路
已被大脚板和小脚印遗忘
宽敞的大路直抵石门仙湖

4A 级景区的金色牌匾
亮过京度山上的星星

我用手捂着话筒
我要让我的泪多流一会儿
然后大声地告诉我的小学老师
我马上回去
回去看看我风景区里的故乡

评赏：诗歌贵在真情实感，贵在直抒胸臆。这首诗的“真”体现在“我”对故乡大良石门的眷恋，恋那里的山水草木、恩人亲朋。特别是最后一节，情真意切，把“我”对故乡的山水人情表达得淋漓尽致。应该说，这首诗的“面”涉及得很广，从“种瓜得豆的小屁孩 / 如今已是城里的小老头 / 当初水库底劳动的号子 / 如今翻腾鱼的欢畅 / 歇脚半山腰的箩筐扁担 / 置换成一顶顶露营的帐篷”可见一斑。正所谓：人之变，地之变，乃为时代之变。（*卢辉*）

扶贫归来

吴真谋（仫佬族）

扶贫归来，正是湿漉漉的早晨
你的手掌如春天的预言
指向大地。风一吹，草就青了
再一吹，花朵就开了
你抓一声蛙鸣塞入喉咙中
然后再吐出来，把它当作是昨夜的咳嗽声

前方，是遥远的地平线
你再一次把目光，向前延伸
伤口里的血，澎湃着铿锵的梦想
旧年翻过的日历，风飘雨摇
那些往事，就站在肩头
望你坎坷曲折的青春季节
望你含辛茹苦的归乡路——
白发母亲，院子里的针线活
不离不弃的妻子，灶台边忙碌的身影
可爱的女儿，一双小脚丫，越过古老的木质门槛

露珠在草叶上闪烁
那是你炯炯有神的眼睛
翻过一道道栅栏之后，又一次
迎来一轮灿烂的红日

评赏：诗歌写作有“曲”有“直”，“曲”则含蓄，“直”则晓畅。二者相辅相成，相得益彰。《扶贫归来》这首诗就较好地处理了诗歌写作中“曲”与“直”的关系，并把它们融入扶贫的主题中去。如第一节，诗人采用的是“曲”笔：“你的手掌如春天的预言/指向大地。风一吹，草就青了”；第二节部分诗行采用了“直”写：“白发母亲，院子里的针线活/不离不弃的妻子，灶台边忙碌的身影/可爱的女儿，一双小脚丫，越过古老的木质门槛”。这首诗因为有“曲”有“直”，分工得当，较好地表达了扶贫归来之后的心境与期盼。不过，“直”写时，如能进一步落笔到细节与情景中，就会多一些棱角。（*卢辉*）

在七百弄，遇见一颗巨石

三　半（瑶族）

离祖屋不远，一颗巨石
静卧在沉默里
它被屋檐上滴下的阳光
不断问候，不断感激

一株枝繁叶茂的小叶榕
从这颗巨石的缝里
在这颗巨石的头顶
隔地而居，参天而立

在七百弄，我布努瑶的老家
我遇见好多这样的石头
它脚踏的，何止是土
它头顶的，又何止是树
还有那倔强依旧的
家园

评赏： 乍一看，这一颗巨石好像是神话中的巨石，多少让人觉得很有神秘感。当“一株枝繁叶茂的小叶榕 / 从这颗巨石的缝里 / 在这颗巨石的头顶 / 隔地而居，参天而立”，我们仿佛又从神秘中转场到现实中来。诗歌写作有时真可以设计一些这样的“噱头”开场，有戏剧性效果，真真假假，若即若离，无形中增添了诗歌的神性色彩。不过，是否一定要对这一颗巨石“挑明”？其实，诗歌的呈现要比表达更重要，因为呈现就是最好的表达。（*卢辉*）

漓　江

琬　琦

我俯身冲向漓江
又贴着水面把自己拉高
一次，两次
水中的鱼都不是去年那条
水草高了一寸
河床的鹅卵石纹丝不动
当一只飞鸟爱上一条漓江鱼
也许只能怪水过于清澈
让我们瞬间确认了彼此的眼神

评赏：这首写漓江的诗笔法独特。诗很短，但其承载的能量却非同一般。这首名为《漓江》的诗，看起来是写漓江风景的（它也确实写到了漓江的水面、水草、水中的鱼、河床的鹅卵石等），但实际上却是一首别出心裁、四两拨千斤的爱情诗。读了这首诗，我们体会到，诗的容量不在篇幅的长短，关键是要看有无新鲜感受和独特发现。这里对爱情的隐喻可谓奇异："一只飞鸟"与"一条漓江鱼"，看似不相干的两个人，却能够触电般地产生爱情，其关键之处在于要有水的"清澈"，这是彼此确认的前提和基础，也是一种境界。（杨志学）

我们曾遥望的世间美好，就在一座山的轮廓

李宗文

我走一程千年的石板路
唐朝古色古香的痕迹
在波光粼粼的诗里
在烟雨中
轻盈少女的红纸扇里

一碗醇香的米酒
托我入古诗人苍茫的故梦里
摇一江竹筏
逍遥的人生透明欲滴
看一夜不眠的花山
蝴蝶亲吻的图腾
有一种痕迹至今让人着迷

一步一个脚印
因为白日马不停蹄地疾行
才有夜晚枕着吉祥如意的酣眠

我们曾遥望的世间美好
就在一座山的轮廓

我曾遥望的你
一定会从对面翩翩走来
穿上我们最初相识那天穿的漂亮衣裳
你是这世间最美丽的风景
有一座山的名字，叫爱的谜语
有一座山的未来，叫通往幸福

评赏： 这首诗的题目是个长句子，作者借“一座山的轮廓”寄托对于远方和未来的追寻。但诗的开篇却是从“千年的石板路”下笔，一下子把我们的视线牵引到“唐朝古色古香的痕迹”上。原来，作者想要追寻的是一种古典的韵致，其中有“古诗人苍茫的故梦”，有烟雨中轻盈的少女，还有“一江竹筏”上的“逍遥的人生”等。就在这样的情境的营造中，作者点出了“花山”的名字。由此我们知道，诗人所说的“一座山”应该就是这“花山”。而花山也确实是一座有着深厚文化积淀的山，其中的“痕迹至今让人着迷”。读到这里，我们感受到，诗的主题其实主要是表现对这座山的热爱之情。诗的后半部分，诗人在照应了诗题之后，又加入一段爱情描写作为结束，从而使诗蕴藉多姿，更加引人入胜。（杨志学）

我决定在一个喧闹的清晨出发

李富庭（瑶族）

我决定在一个喧闹的清晨出发
和趴在我肩头沉睡的孩子
太阳八九点钟的时候，我们
已经深入绿水青山的腹部
我借助简单的魔术把戏
很快成为孩子们心底的大英雄
在一阵干净的笑声中
红彤彤的苹果从古松针叶丛里降落
林溪中鹅卵石
生出甜蜜的葡萄
我们不怕在森林里迷了路
既不担心没有足够的粮食，也不担心有野兽的袭击
我们决定和青蛙小青蛇做好朋友，接受害羞草的矜持
我们决定沐浴阳光和雨露，在干净的氧气中畅泳
我们不怕时光飞逝
不害怕再也咬不破坚果的壳
我们肆无忌惮挥霍光阴
从今以后
我要特意收藏每一束温暖的阳光
偷偷地植入萤火虫的翅膀
待最漆黑的夜里
再去闪亮孩子们的梦

评赏：根据诗里的描绘，我们感受到，这是一首带着一群孩子“深入绿水青山的腹部”去体验野外生活乐趣的诗。“我”扮演了一个“孩子王”的角色，因表演了一些“简单的魔术把戏”而“很快成为孩子们心底的大英雄”，这便有了威望和号召力。说到底，“我”也就是个大孩子，有一颗童心，有兴致与孩子们一起去探索大自然。全诗洋溢着一种轻快的节奏，诗句长短搭配，错落有致，自然而从容。作者摒弃了议论性语言，作品全由意象化语言构成，呈现出一幅幅画面、一组组镜头，烘托出了大自然生机盎然、五彩缤纷的景象，仿佛一首童话诗，引人入胜。阅读此诗，读者也好像经历了一场旅程似的，感受到自然的奇妙，并思索“去闪亮孩子们的梦”的意义。（杨志学）

前进村的傍晚

普缘阁

等到日暮
江湖上早已没有你我的印记
门前溪流里镇一只西瓜
林间野花舒徐繁衍
风挠过竹林都是轻柔的笑声

你提壶酒来
看我升起松烟焙新茗
吃瓜，再下厨煎一碟小鱼
下酒，喝到微醺之际
换上刚褪去火气的西山茶

往厅堂面山的太师椅上一歪
坐无相
就等着山岚过来
替彼此互相拥抱
我们懒得动弹
直到话越来越短
睡意朦胧
一轮皎洁升起
替我们睁大了眼睛
守着渐渐消失的事物

评赏： 从日暮写到一轮皎洁的明月升起，看似闲情逸致，却又渐入佳境，这种于无声处听惊雷的写法，是这首诗的高明之处。事情往往是这样，平静潭水处，涟漪荡漾；平淡无奇时，月亮高挂。这首诗正是抓住了事物的多面性，进行合理有效的互动。比如，从悠闲到慵懒，又从朦胧到皎洁，最后月亮“替我们睁大了眼睛 / 守着渐渐消失的事物”，心境随着情景的变化而变得跌宕起伏。当然，这首诗可以将“幽微”处描述得更加细腻些。（*卢辉*）

团结花盛开

农秀红（壮族）

唱一首歌
用爱
听朴素的风
吹过大地
吹过森林山脉
读深情的雨
落入江河湖海
落入亿万人眼里感动花开

种一粒种
用心
让真诚守护
浇灌成长
温暖祖国胸怀
让希望的光
茁壮美好将来
点亮万千颗星辰斑斓五彩

春风吹，图腾美
万物生，真情汇

民族是花，团结声声花开不败
情深似海，辉煌壮丽生命存在
和谐的家园，民族花盛开
我们的家园，团结花盛开

评赏： 民族大团结，以歌声为爱；民族大团结，以种子为心。歌声与种子融为大爱之心，这便是五十六个民族团结奋进、生生不息的象征。这首诗立意高远，主题宏大，字里行间处处可见："民族花盛开""团结花盛开"。只是诗在表达上用了过多的熟语与大词，少了一些独特的个性抒写。（*卢辉*）

真爱留在风雨桥

黄志伟（壮族）

美丽的西林　美丽那劳
把一生的爱留在风雨桥
驮娘江水东流去
一路欢歌乐陶陶

美丽的西林　美丽那劳
跨河的风雨桥一线连宫保
总督故里垂青史
壮族儿女多天骄

美丽的西林　美丽那劳
神奇的大河天来造
古国女人显灵气
多姿多彩又窈窕

美丽的西林　美丽那劳
把心中的爱举得高高
不要轻易说出口
真爱留在风雨桥

评赏：这首诗借鉴歌词的结构特点，将民谣、传说、对仗等古韵融入其中，使得美丽的西林更显美丽。一方面，古今杂糅，往往能把新诗写作的穿越感、错落感与纵横感呈现出来，这首诗正是抓住了这个特性，将“真爱留在风雨桥”，尽显“总督故里垂青史 / 壮族儿女多天骄”的壮美画卷。另一方面，工整句式，往往能集中、系统地表达主题，抒发内心情感，这首诗正是娴熟地运用了工整句式，使诗歌主题集中明了。不足之处是个别地方的表达还显浅表化。（*卢辉*）

莲叶里的覃塘

梁晓阳

一个莲花盛开的地方
一个诗人整个夏天都在谈论的
基地。覃塘把一个时代放在了
莲叶上，莲叶把众人的青春
一一包裹。诗人们唱着——
在那莲花盛开的地方，走来
听从一种召唤，且是
美的召唤。来到这里
渴望一片莲叶的青睐，渴望
获赠一朵含苞的莲，吃一吃
不用掰开就可入口的莲子
走上塘头，听山歌对唱，听
那个长着红莲一样脸蛋的女子
口吐莲花。有青蛙学会了两句
扑通跳在莲叶上复述。而诗人
正举一把汉乐府的遮阳伞，吟
采莲南塘秋

评赏： 把一个时代放在覃塘的莲叶上，这是诗人将地方视域放在时代空间上的延拓。《莲叶里的覃塘》好就好在把夏日的蓬勃与生命的勃发融入了一个青春向上的时代，诗中的莲花盛开就是美的召唤，时代的召唤。可见，诗歌的情感抒发与诗意递进，离不开喻体的“顶托”，形象贴切的喻体常常让人身临其境，流连忘返。就像诗中多角度描述覃塘的那样：“那个长着红莲一样脸蛋的女子 / 口吐莲花。有青蛙学会了两句 / 扑通跳在莲叶上复述”。多么鲜活，多么生动。就整首诗的布局而言，开头部分的“谈论”用笔多了点。（*卢辉*）

一只勇猛的黑虎

黄神彪（壮族）

乌蒙山脉吹来的风
呼号着划过古地的长空
你这只勇猛的黑虎
被当年彝人的一对父女
从玉皇大帝任命的
玄坛元师赵公明那里
赋予了人间
最神圣艺术的秉性
就像一头黑色的老虎
坐北朝南直视远方
多么的虎虎生威

你的黑色
处处体现出威严
你高大威猛的造型
又是江山永固的象征
以黑虎为坐
以九扯九纵为制
你锋利的双眼
每天驱逐着世间邪恶
时时吸纳着天地灵气

天然地暗喻了
汉彝文化的吉利合璧

历史风云的生命承袭
你这头天生勇猛的黑虎
被一种漫长的敬仰
于平远古地织金
幻化融入而成
我们中华大地上
始终让香火缭绕着
永远虔诚的生命财神

评赏：用神话传说入诗，能让诗歌增加不少跌宕起伏、引人入胜的神秘色彩，《一只勇猛的黑虎》也不例外。从诗中可见，这只虎虎生威的黑虎被赋予了“神谕”，坐北朝南的位置，高大威猛的造型，吸纳天地的灵气，生生不息的承袭，为黑虎刻上了时代的烙印。尽管是传说，但字里行间，无处不显示出人间的烟火味。（*卢辉*）

土瑶歌堂会

王忠民

星星举着灯盏，明月高悬
临风的瘦菊，品德高尚
冬夜寒冷，他们在辽阔瑶山土地上
在一群劳动者中间
在蝴蝶短暂的睡眠和露水中
摇曳着歌唱
惊飞许多往事的鸟群

这是一种别开生面的场所
调子来自土瑶的民间
憨厚而直率的唱腔
穿透黑夜的民歌
丰收铺展的民歌
吐出黄金的词，八角的香气
生姜的辛辣味，温暖夜的深沉
吐出心跳　吐出向往
一群纯粹歌手的梦幻
和久久难忘的爱情

火塘正旺。一群理想主义者
古老文化边缘的传承者
乘着诗歌的翅膀飞翔

今天我察看到生命，比预想的
更高贵，更坚决
开垦蛮荒的姿态
折射脱贫致富的优美舞姿
苍茫之下，谁在聆听原生态的歌唱
幸福深入境界，精神的洞箫吹响
蹲踞杉树林子和灌木丛沟凹处的老鹧鸪
安静地接受那无欲的纯美
就这样歌唱着祈祷着期盼着
将福祉带给血脉相连的群山
丰收歌唱像粮食一样放射出简朴的光芒

评赏：这首诗显然借鉴了当地民谣的范式、内容与韵律，字里行间放射出质朴的光芒。诗中收拢了不少别开生面的场所、憨厚直率的唱腔、优美的舞姿，洋溢出团结、和谐、欢乐的气氛。比如开头，星星、月亮、菊花、蝴蝶、露水、鸟群的唯美组合，点染出《土瑶歌堂会》的乡土气息。若能用上一些当地的俚语，还可增强诗歌语言的原生态之美。（卢辉）

我们真的没有来到过

李云华（壮族）

我们真的没有来到过
昨天今天明天
无论何时
一朵浪花一露头
就淹没在无数的浪花里
我们并不相识
我们只是不经意间擦肩而过

我们真的没有来到过
风也没有
棕榈树也没有
每一颗晶莹的沙粒也没有
路过的每一个人
都涂满蓝色
我喝下漫天的蓝
海离我很近也很遥远
海离天空很近也很遥远
海离水很近它活在水里

我们真的没有来到过
前世今生未来
无论何时

一千年以前
一万年以后
我们在某一个午后
落在贝壳　竹简或粉色的纸上
被人们触摸　翻阅

评赏： 此诗似在表达一种人生感悟。诗的题目及每一节开头都是“我们真的没有来到过”。没有来到过哪里呢？作者没有明说，这在诗里也是允许的。看来既不是这里，也不是那里，或许是整个世界。是的，与时间的漫长、空间的无限相比，人是微不足道的，就像“一朵浪花一露头 / 就淹没在无数的浪花里”一样。人来过这个世界，又短暂得似乎没有来过。

诗的最后一节，在照应第一节的同时，又增添了新的内容。我们虽然没有来到过，但又会留下痕迹，“落在贝壳　竹简或粉色的纸上”，只是要经历漫长的时间，也许是在考古的意义上存在。

此诗似有些值得商榷之处。一是所流露出来的虚无、幻灭色彩，二是内在逻辑的严密性。（杨志学）

在城里，想起凤塘村

陈前总

这最美的世外桃源——
你或许在这里出生，捐过书包
又或许在这里发放过扶贫贷款
流过二十多年没流过的泪水
宣誓过第一书记的责任和担当

我们从村头走到村尾
走过桃花夹溪绿帐蔽日
从一个洞天到另一个洞天
这样的情景我们熟悉而又陌生
我们先是窃窃私语，恐惊天上人
彼此的呼吸，胸有块垒
接着我们先后听见鸡鸣声狗吠声
猪叫声马嘶声
细雨润物声大珠小珠落玉盘声
狂风暴雨声电闪雷鸣声
小孩的哭声大人的笑声
甚至火车出站的声音

那么一刻
两刻
三刻

我们还听见了灵魂出窍的声音
在凤塘村，我们除了眼睛和耳朵
其他有约等于无

在城市，想起凤塘村。
趁着他们谈论升迁、食色、股票
抢在暴雨到来之前
赶往火车站
赶上当天的最后一班高铁
毫无意外地出现在你面前
仿若那个安静而燥热的下午
我们的金风玉露喜相逢

历经乡村到城市，又从城市到乡村
我们小心翼翼但又刻骨铭心
所有的阳光都能换来拔节
所有的雨露都能换来吐蕊
正如此刻的我
安静而又扬眉吐气地
走在凤塘村的路上

评赏：这首诗表达了诗人对凤塘村的感情。因为诗人在这里有过扶贫工作经历而令人难忘。诗的第一节即表达了这层意思，同时指出凤塘村自然环境不错，堪称“最美的世外桃源”。这里风景的美，与其物质上的贫困，又形成一种反差，由此引出“第一书记的责任和担当”。

第二节和第三节，是对凤塘村的体验式描绘，充满感性色彩。对于这里“我们熟悉而又陌生”。熟悉的是过去的凤塘村，而今天带着任务来到凤塘村，自然会感到陌生，所以要多看多听。着眼于“听”，诗里写到了各种声音，颇具现场感。第三节末尾，又提炼出“在凤塘村，我们除了眼睛和耳朵 / 其他有约等于无”的句子，让人从中体会到驻村干部的艰辛和自律。

总的来看，诗里主要采取了避实就虚的写法。还有一点，就是立足当下的视点，虽然已经完成任务离开凤塘村了，但在凤塘村所经历的风雨人生永远历历在目，也正像诗的结尾所写的那样，“此刻的我 / 安静而又扬眉吐气地 / 走在凤塘村的路上”，这样的神态所透露的信息是：扶贫工作已卓有成效，凤塘村的面貌已发生巨大变化。（杨志学）

古镇老了，而我却流连

晨　子（侗族）

在那样一个黄昏
我又一次走进熊村古镇
在老得不能再老的旧门前驻足

谁说岁月无痕，那锈迹斑斑的门锁
早把古朴和荒凉锁进了门里
锈蚀得没有了记忆

古镇老了，只有青石板路
被冲刷得更亮，从宋朝一直到现在
古巷两旁，商铺还在
只是紧闭的门扉，封存了当年
贾商云集的况景

那扇窗被吹空了
空了的窗，被天空裱成一幅画
古朴的老院　掩着的旧门
我不敢推开
怕惊飞了旧梁上的燕

玫红的长裙在古巷里飘
只想让苍凉的古镇多一份色彩
古镇老了，而我却流连
有一种美　秘而不宣

评赏： 这是一首借古镇表达怀旧生活情趣的诗。现代人越来越关注古镇了，这显示了人对文化积淀的重视，同时审视过去也是为了让人更好地面对当下和走向未来。诗开篇写道“在那样一个黄昏”，这是游人散去的时刻，也是“我”走进古镇的时刻。“又一次”表明这样的行为已经不止一次发生，其目的就是更好地观察、体验、欣赏古镇。诗里对古镇的描写可谓细腻，如“锈迹斑斑的门锁”、被冲得发亮的“青石板路”、古巷里“商铺还在”而门扉紧闭等，这一切都触发了诗人的联想。诗里还写到了不敢推门，“怕惊飞了旧梁上的燕”的细节，表现了“我”流连古镇旧屋时的心理活动。

诗的最后一节值得仔细品味。“玫红的长裙”这一意象的出现，既是色彩上灰暗与亮丽的对比，也是古老与年轻、过往与现在的对比。而“只想让苍凉的古镇多一份色彩”的希冀，实际上也是以委婉的诗句提出了问题：我们该如何对待古镇？古镇与现代生活应该是什么关系？其实，主人公通过自己的观察体验对此可能已经有了答案，只是还不便于说（或者觉得一两句话也说不清楚），这样，诗就在“有一种美　秘而不宣”的表达中结束了。这种笔法，起到了引而不发的功效。（杨志学）

在八桂，品味新乡村

白来勤

八桂乡村的眼睛很小很窄
窄得容不下半颗沙粒乃至尘埃
八桂乡村的眼界很大很宽
宽得能容下山川河海狂风巨浪
影与光在八桂经络的河流里
将水波纹织成一张恢恢天网
风大时疏而不漏将豪情吟唱
风小时细致入微婉约而端庄

八桂乡村的爱河很窄很浅
仅容纳仁义礼智信真美善
八桂乡村的爱海很深很宽
能熔冶温良敦厚诚让恭谦
幸福的鸟儿在蓝天下自由飞翔
理想的种子在红土地茁壮成长
天堂的花朵在人间绽放
梦中的星辰在云端闪光

踏八桂乡路的脚板很窄很短
不过两寸半宽不过七寸多长
跨八桂乡桥的脚步很长很宽
足以将历史与未来的距离丈量

时间，没有在这里停滞
历史，驻足在这里沉思
八桂乡村的过去和今天
都让五湖四海的刘三姐们眸明睛亮

八桂的水声，一曲绵甜劲爽的古调
让律动复活了传说，俏首媚眼
八桂的乡愁，一壶历久弥香的老酒
让醇烈滋润了乡风，喜地欢天
深邃了梦想、甜蜜了胸怀
温柔了时间、坚挺了信念

评赏：赋比兴被称为诗的根本大法，也成为诗歌传统中的基本手法。赋比兴三者虽然可以分开解释，但在具体作品中它们又常常是融合在一起的。这首《在八桂，品味新乡村》便是如此。总体上看，此诗主要是以赋的方式写就，但在“敷陈其事”过程中，它又融入了比兴手法。而就赋体修辞而言，诗中还明显运用了反复、排比、照应等手法，这样做的效果，一方面是使诗的内容充实饱满，另一方面也形成一种气势和一种节奏。这种节奏呼应着作者的情感，层层递进，曲折回环，像一阵阵潮水和浪头，充分表达了作者对八桂新乡村的喜悦和热恋之情。（杨志学）

巨型花朵

莫　若

某日，你看见一种巨型红花
也看见了在历史和未来中永不熄灭的焰火
凝望花山岩画，红的壁画刻录骆越文化之来
凝望湘江之水，红的波涛汹涌数万英雄之魂
红依旧是那样的红，在无数继承者和建设者这里
做一朵小小的浪花奔腾，呼啸着加入献身者的滚滚洪流
把青春写在大地上，化作一滴水回到河流
用生命照亮希望，化作世间永远温暖的霞光
这是血液的颜色，也是阳光下的灿烂鲜活
你看见一种巨型绿叶，看见了跳动的脉搏和浩瀚的探索
青山重重绿水淙淙，阳光照射出生命最原始的色彩
祖祖辈辈把身体深深地埋在大地
用影子写下数不清的传奇
这是生命的颜色，也是子孙后代继承的生的秘密

评赏：“巨型红花”代表一种浓烈的红，代表“永不熄灭的焰火”，代表“永远温暖的霞光”，代表“生命最原始的色彩”。可见，诗人笔下的“巨型花朵”储备了自己的雄心与民族的气节，他就想以生命的颜色，让子孙后代继承“生的秘密”。应该说，这首诗驰思广达，开合自如，较好地把“巨型花朵”的诗性与神性交叠在一起，给人以无限的美感。（*卢辉*）

一条适合回忆的公路

吉小吉

即使翻过六岑村谷冲坳
也无法再回到那些泥泞的日子
当年的羊肠山路
如今已被拉直、拓宽
标上了醒目的路牌
但不管如何变化
今天，它依然适合用来回忆
用来诉说那些喋喋不休的往事
它坚硬的水泥路面
在上坡的拐弯处开了一道口
肯定把我当年摔倒在地的糗事
逢人就说了出来吧？
要不我怎么会在路过这里时忽然脸热
怎么会下意识地去抹了抹衣服
当年的满身泥浆
好像还在身上
好像那辆锈迹斑斑的单车
还倒翻在路边
三十多年了，车轮子
好像还在不停地转动着
一直朝着北界镇，朝着信宜县城的方向

评赏：以回忆入诗，此类诗往往会有事件的出处，有典型的细节，有事件的聚焦点，《一条适合回忆的公路》就有这样的特点。这首诗以公路作为回忆的“聚焦点”本不足为奇，但诗人十分用心，从公路的前身羊肠小道，追忆到“当年摔倒在地”“下意识地去抹了抹衣服”“那辆锈迹斑斑的单车／还倒翻在路边”，尤其是“三十多年了，车轮子／好像还在不停地转动着／一直朝着北界镇，朝着信宜县城的方向”。是呀，车轮不停转动，“转”出了时代的变迁，但乡愁一点没变，也不褪色，这便是诗人在不足为奇的题材里“转”出的妙笔。作者在诗中所提及的“糗事”若有个事件的导入，会扩宽这首诗的深度。（*卢辉*）

黄泥鼓，舞出瑶乡幸福生活

王秋娟

晒坪上的篝火已经点燃
节日的盛装已经穿上

把黄泥涂满“尼王瓮”
就像把幸福涂在脸上

听，母鼓“嘭、嘭、嘭……”
那低沉的召唤里有柔情的蜜意

听，公鼓“空央、空央、空央……”
那高亢的呐喊里有铿锵的誓言

鼓不离瑶，瑶不离鼓
从古到今，祈求安康的鼓声从未停息

今天，黄泥鼓不再是悲情的符号
它向世界传递一个民族的欢喜

你听！幸福的鼓声响彻大瑶山
那是对祖国最深情的祝福

评赏：如何写活民俗活动？每个诗人都有自己的一把尺。这首诗能够抓住瑶乡黄泥鼓的基本特性，从颜色“黄泥涂满‘尼王瓮’”到声音“母鼓‘嘭、嘭、嘭……’”再到“公鼓‘空央、空央、空央……’”，绘声绘色地把黄泥鼓的文化符号、习俗状况形象地表现出来。若能把黄泥鼓放在某个特定的节日，有场面，有人物，又有文化底蕴，化静为动，黄泥鼓应有的文化特性与时代气息更会显露无遗。（*卢辉*）

麻　雀

梁　沃

这来自乡间的高音小媳妇
飞翔于蓬蒿之间
不懂六律不正五音
整天唱着弯山曲水的歌

拒绝红头绳，拒绝饲养喂食
你在密匝的枝头探头探脑
五步之内闪避农家人
却又那么深深依恋
对太阳点头哈腰的五谷

在稻花溢香的时节
你一次一次俯冲人间
听到谷粒爆裂
你呼朋引侣
以秋天最后声部
将天空，抬高一寸

评赏： 拟人的运用，常常能把一首诗写活了，写绝了！这里的“活”，这里的“绝”，若诗人没有烂熟于心的“观察”以及与麻雀心心相印的“经历”，肯定是写不出令人叫好的诗句的。先说这首诗的“活”，“这来自乡间的高音小媳妇”“拒绝红头绳，拒绝饲养喂食 / 你在密匝的枝头探头探脑”；再说这首诗的“绝”，“听到谷粒爆裂 / 你呼朋引侣 / 以秋天最后声部 / 将天空，抬高一寸”。一首小诗，能把某种物体写得如此通透、跳脱实属不易。若有一个“我”与麻雀相处的特定景别，那就更绝了。（*卢辉*）

夜宿边境哨所

韦　佐（壮族）

这一夜
且与蟋蟀声抵足而眠
而忘却山道隐没
和白云出走

星光里，三两声犬吠
溅泼到一棵鹰爪树前

这一夜
安睡于边境国防哨所
如果月色迟到
它会像露水一样无声起落

岗哨垛口，一双睁大的眼睛
布满苔痕的猫耳洞
在沉默中竖立
像在听辨风声——
多少年来它们一直清醒

这一夜
就要梦到五月一日的曙色

不劳动的山川
在渐次宁息中
抵达平和的静美之境

拂晓来临，乌鸦于飞
像一粒黑暗融入黎明

乌鸦是在呼唤众鸟
并回收自己最后一抹铁灰

评赏：这首记述“夜宿边境哨所”的诗，体验真切，观察细致，用笔微妙。

开篇第一节直接进入夜宿情境，以“蟋蟀声”来衬托边境之夜的宁静，与此同时，一个“抵足而眠”的成语又闯入了，其修辞意义是在听觉基础上增加了触觉，那么它在内容上又有什么意义呢？我们知道，“抵足而眠”这个词，本来是形容人与人之间的亲密关系的，而边境上没有更多的人，只能与蟋蟀的声音“抵足而眠”，便可想见边境生活的孤独——日复一日的巨大的孤独。而在这种大孤独的背后，则隐含着一种大坚守、大奉献。哨所战士的形象，不用写，已经在我们的想象中浮现了。

诗的第二节只有两行，好像是随意点出了“三两声犬吠”，其实是进一步烘托边境哨所的静。第三节写到边境哨所的月色，诗人用了“像露水一样无声起落”这样一个比喻意象，传达出夜色之静美、岁月之静好。

直到第四节，诗人才用了“一双睁大的眼睛”“在沉默中竖立”“多少年来它们一直清醒”等语言，隐约道出边境哨所的职责。

第五节，由“这一夜 / 就要梦到五月一日的曙色”点明“夜宿边境哨所”的时间是在节日前夕，让人更加感受到哨所执守与和平生活之间的关系。

最后一节又恢复到比较含蓄的诗意笔法，像是诗的余韵。（杨志学）

把诗写在海水里的民族（节选）

徐仁海

土地不老
不老的土地之上
古树苍老青竹茁壮
但都被海水切割被海水包围
成为三个岛
岛上没有稻田甚至没有耕地
唯海风唯潮声日夜浅语深情
从远海冒风冒雨漂泊来的京族人
在这三个岛上落地生根
梦轻轻落在枕边
船却在梦里远航
那是500年前的情景回闪
500年后的今天
因为海堤因为公路的修建
岛已不再是真正意义上的岛
尽管三面依然临海
海洋民族依然靠海吃海
逐梦的飞翔不再敛翼
热忱锤炼的渔声几乎覆盖了潮声
海水葱茏的梦绽放乡村振兴的繁花
在捕捞船上海水养殖场里火红
在一间间别墅在一张张笑脸上火红
京族人依然把致富的诗写在海水里

评赏： 这是一首传记式长诗的节选，其纪实性与传奇性是不言而喻的。从这首诗节选的片断来看，京族人的“前世今生”得到了部分展示。比如与京族人命运相连的三个岛，因时代变迁“不再是真正意义上的岛”，但“海洋民族依然靠海吃海”，于是“把致富的诗写在海水里”成了诗人对京族人的最好命名与嘉奖。（*卢辉*）

傍　晚

郭金世（仡佬族）

在仡佬寨散步、看落日，回忆往事
被落日撞了一下胸口，往事渐行渐远
很像落日，不在乎月光的追赶
漫不经心地与九十九堡擦肩而过

想一想在苞谷地打瞌睡的日子
拿起一碗苞谷酒，朝着阿爸的石头城磕头
磕下了黑色的天空，谁也想不到
仡佬寨的风如此安静，泥土隐藏静静的月光

一个无法安置在城市高楼的灵魂，在仡佬寨
总会有他的落脚处，神台的烛光、火塘的火光
以及傍晚的霞光混在一起，经历几十年的磨炼
仡佬寨依附着我额头上洗不掉的时光

这个时候什么也不用想，看着落日行走
仡佬寨不停地更换肤色，由黄变红
最后披上黑色的寂寞，一群乌鸦穿越天空
一团乌云把一些人深深地埋进泥土的心脏

当然，也有一些人会从房间里走出来
或者很多鸡鸭牛羊在太阳河畔追赶日月

男人和女人围在火塘边讲起古老古辈的故事
吹熄灯光，所有事物都是这样永远循环着

我在想，一个人经常在傍晚散步
看落日，如同给仡佬寨披上一层霞光
太阳河畔的苞谷地一定会醉醒我的梦想
那碗苞谷酒还是满满的，仡佬寨的希望

评赏： 这是一首诗人在仡佬寨散步、看落日而抒写的诗歌。作者对仡佬族的特殊感情加深了人们对这一民族的认识。这首诗从“拿起一碗苞谷酒，朝着阿爸的石头城磕头”到“神台的烛光、火塘的火光 / 以及傍晚的霞光混在一起”，再到“很多鸡鸭牛羊在太阳河畔追赶日月”，虽然这一系列的追忆只是仡佬族极小的一个生活片断，但诗人为读者展示的都是仡佬寨最具特征性的场景，且视野广阔，层次分明。（*卢辉*）

北部湾的月亮

陈一默

今夜，一只月亮掉进北部湾
并没有打湿我
这个中国，舍得用这么白的银子
把光堆在我身上
我的母语和它有着臂膀的关联
它在天幕中写字，叫“月亮”
笼罩有长江长黄河黄的地方，叫“月光”
所以，我爱你，中国
今夜，与你我有古老的约定

评赏：细心的读者一定会发现，陈一默的诗总有一种“情结”：地域、自然、母语、历史、现场。这些看似关联却又若即若离的东西，她很巧妙地把它们串联在一起，成就了她内心的小宇宙（古老的约定）。的确，诗人一直在为心灵的真实而推理，陈一默既写诗又写评，她那凌厉而又不乏细腻的笔触，不断向人们展示出她对历史与社会的洞察力。在她的心目中，不管是自然中的万物，还是社会中的生命，她都以骤然照临的姿态，让历史发光，携生命飞渡。（卢辉）

在龙脊，我邂逅了黄金帝国

陈贵根

偏西的太阳光是金黄色的
与太阳相接的梯田是铺天盖地的黄
小溪是金黄色的
农人的眼眸里亮着的是黄色
农人的笑纹也是黄色的
天下龙脊的原色是黄色
就连横卧田埂上的卷毛狗
也不例外

低垂在稻穗上的谷子黄
是最小的一种，也是最霸气的一种
它与紫禁城里的龙椅
是同一种黄

评赏：这首诗从大处着眼，小处着笔，选取了富含中华民族最具象征意味的“黄”渗透到字里行间和人的骨髓。从金黄色的太阳到黄色的龙脊再到黄澄澄的谷穗，诗人将黄色与权力、自然与生命融会贯通，并将生命的黄色高高举过头顶，结尾处力透纸背。当然，若加些时态的黄色，会使诗歌更厚实。（*卢辉*）

折叠光阴的人

农云海（壮族）

当门前电线杆上的最后一只飞鸟
被他的叹息声吓走之后
老者开始怀念过去

他将过去的光阴折叠
回到年少时光，那时的他心无旁骛
只看见心中梦想
路边绿沉沉的柳树，红艳艳的花
还有天边翱翔的飞鸟，他都看不见
直到他满头白发，闲坐斑驳的墙根
对着门前电线杆打盹，他才第一次看见飞鸟

老者拼命折叠光阴，想让人生重来一次
可是，着急赶往过去的他
被急着赶路的年轻人撞个满怀
年轻人折叠了未来的光阴，因为他想快点
再快一点到达向往的未来

一位白发苍苍的老者
一个意气风发的年轻人
在连接过去和未来的当下不期而遇
老者诉说着过去，年轻人畅谈着未来

对于当下的此情此景，他们却只字未提
然后，匆匆别过

过去的光阴折叠成回忆
未来的光阴折叠成憧憬
人们在回忆里沉沦
在憧憬中迷失，却忘了
当下，才是最好的光阴

评赏：仅看诗题，“折叠光阴”便给人以新奇之感。而读了全诗，看到作者写了两种“折叠光阴”的人（实际上也是两种折叠光阴的方式）以后，我们更为诗人的奇思妙想叫好。

诗是从“老者”入手的，对老者折叠光阴的想法和做法写得比较充分。先是设置特定情境，让老者很自然地进入怀念过去、折叠光阴的状态。老者折叠光阴的做法是把流逝的岁月折叠。在他折叠光阴的路上，一个年轻人闯入，带来另一种折叠光阴的做法——向着未来折叠。（杨志学）

织壮锦

卢颖莹

阳光穿越千山万水
一幅美丽的壮锦就呼啸而出
壮锦上有花园，有果园，有菜园
有近处的炊烟和远方的大海
还有一座一座高山和远古的传说

岁月在穿梭
丰满的日子到来了
青春的季节回来了
日新月异的生活开始了
还有
许许多多的梦想在放飞
一年一年的民俗，站在高处
谛听心灵深处的歌唱
展示壮美的新篇章

刘三姐的山歌，黑衣壮的天琴
桂北的彩调剧，西江的水上民谣
层层叠叠的梯田，日出日落的沙滩
编织又一个春天的故事

评赏：壮锦是壮乡的工艺品，中国四大名锦之一。它历史悠久，质地优良，构图精美，折射出壮乡人民生活的方方面面。此诗题为《织壮锦》，便有编织美好生活的寓意。“壮锦上有花园，有果园，有菜园”，说明壮锦贴近生活，与人的生活息息相关。壮锦上还有“近处的炊烟和远方的大海”，喻指壮乡人既有幸福的今天，更有无限美好的明天。

此诗格调明朗，节奏欢快，思维跳跃，表达了壮乡人发自内心的喜悦。最后一节，在壮锦的基础上，又联想到“刘三姐的山歌，黑衣壮的天琴”以及“桂北的彩调剧”等其他的壮乡艺术形式，它们和壮锦一起，共同编织着壮乡人五彩斑斓的梦想和现实。作者这样的收束其实也不错，但是，结尾处如果能再有点出人意料的转折，也许会加大诗的艺术含量，形成更大的内涵空间。（杨志学）

幸福的村庄

袁 刘

雨后的阳光铺撒在稻禾上，跳动的样子
跟孩子们戏水时的笑脸一样生动活泼
爷爷站在榕树下呼唤
细娃崽啊，回家啰
你把夏天的凉风丢在井水里了
别再把影子留在榕树后了
母亲在山坡上修剪荔枝
父亲摘的黄皮比蜜还甜
那只小黄狗跟在二毛身后
幸福的模样，世人皆知
他们赶集回来的路上，讨论的那家金融小网点
里面的娃仔刚刚二十八岁
里面的希望恰好夏日微凉
里面的扶农牌匾正好跟村庄一样
满目幸福

评赏：这首诗像是一幅具有农耕气息的“乡村图”，语言活泼，人物形象十分鲜明。诗人勾勒的是一个乡村族群的景况，而折射出的却是当下农村的新风貌。同时，这首诗还采用了乡村小调的语言结构与节奏，读起来朗朗上口，铿锵悦耳，生活气息浓郁。（*卢辉*）

我把乡愁种在阳台上

潘丹妮（壮族）

我从城市建筑垃圾里
掏出泥土
搬到十七楼的阳台上
然后沤烂米饭和菜叶
一遍遍地对土地进行改良

一年四季
我学着母亲的样子
一茬茬地种植
老蒜　葱花和红薯
播种南瓜　辣椒和西红柿

直到一只蝉
巴在红薯藤上狂欢
一只黄蜂
翘着屁股把头伸进瓜花里
几只蚂蚁
在温润的土地上爬来爬去
直到我一抬头
便看见母亲的菜园
看见家乡的模样

评赏： 乡愁本是人的心理积淀与情感活动，是不易触摸把握的，但诗人却可以巧妙地将其转化为看得见的画面，如余光中的《乡愁》及其他许多诗人的表现。

这里，潘丹妮又有自己的做法，把乡愁直接种在了自家阳台上。

这是某一天发生的事情，“我从城市建筑垃圾里 / 掏出泥土 / 搬到十七楼的阳台上”。住在十七层高楼，可以望远，但故乡又遥不可及。所幸的是搬来泥土后可以温习从前的功课，“学着母亲的样子 / 一茬茬地种植”。可见，在阳台上种植各种蔬菜作物的过程，也是怀念母亲的过程，是让乡愁在城市住宅生根的过程。主人公就通过这样的办法来留住乡愁。结尾用笔巧妙，以幻化手法实现了阳台上菜园与“母亲的菜园”的交叉与叠合，而更主要的是作者笔端含情，表达了对母亲和故乡的深切思念。（杨志学）

想写一首温暖的诗

唐　允

因为冬日的阳光
照在身上
因为走在点点烂泥的小镇
看到俊美的青年
因为闲置的庭院有麻雀在叫喊
独自游荡的水牛有一吨的沉默
而从街头走过的老人
再也不会年轻
因为他身上可靠的孤单
和我父亲一样
因为守在摊边的小孩吃着
自己炸的大大的煎饼
因为有一匹瘦马在废弃的车前啃吃
一年一度的黄草，而风
徒劳地翻动它脏乱的鬃毛
因为，如此徒劳
像世上唯一的事情
而那个小商贩跟他美丽的同伴
说着悄悄话，因为我的朋友电话说
他找到了新的工作
因为这一刹那
我感到愧疚，因为阳光

照在身上
我仿佛听到了
很久以前听过的好听的声音

评赏： 这首诗中有时间、地点、人物、故事，具备了及事写作的基本要素。当我们细读文本的时候，你会发现这首诗还有个洞开生存“隐秘”之处的“微观世界”——这是一处楚楚动人的微观世界。可见，诗人没有一味地将故事进行到底，而是将故事里的人的不同境遇进行了一番“戏剧化”的演绎，以至于“我仿佛听到了／很久以前听过的好听的声音”。的确，作者没有把勾画人物形象放在首位，而是进行心理“演算”，最终衍化为此情可追、此忆可循的“感情故事”。这首诗有故事的导入，也有环境的对象化，但叙述如何恰如其分，还可提炼。(卢辉)

簸箕的色彩

赵日升（壮族）

每年霜降节前，我都会接到村里打来的电话
在群山怀抱的村庄中
簸箕宴的山歌今年继续歌唱
一大张嫩绿的芭蕉叶铺底
金黄的是玉米和白切鸡、香煎河鱼
纯洁如玉的是糍粑和鹌鹑蛋
红色透亮的是扣肉和番茄、红薯
还有说不出名字的野菜
这些丰收的食物，在簸箕上骄傲地展示
黝黑的脸蛋挂着甜美的笑容
这，不只是品尝美食的感动
更多的是分享劳动果实的喜悦
我所看到的这些灵魂色彩
在阳光下毫无隐藏地绽放，如同
飘荡着嘹亮山歌的壮美河山

评赏：簸箕宴，作为壮族颇具特色的习俗，在诗人的眼里，它就像是自己的亲人，与之朝夕相处。这首诗将簸箕宴的仪式感展示在读者面前，让我们感受到壮族百姓甜美的生活以及美好的生活前景。诗中所涉及的东西，如芭蕉叶、玉米、白切鸡、河鱼、糍粑、鹌鹑蛋、扣肉、番茄、红薯、野菜等等，都是具有乡村气息的食材。在诗人的笔下，这些食材大放异彩，给人以美的享受。（*卢辉*）

大哥的唢呐声是山川喂养的

许　伟

每次回故乡，大哥要么
讲吹唢呐的故事
要么显摆他的演奏技艺

那声音，有时如春风吹过漫山象草
窸窣撩痒我的耳朵，似孙女的
小手轻抚我的脸和我的胸膛

那声音，分明是立在香樟树上的喜鹊
在诉说大山的青葱与葳蕤
画眉鸟在清唱四季桂的悠悠馨香

那声音，好像是我站在华山之巅
紧紧抱住“华山论剑”石碑
听北风从我耳边嗖嗖飞过

那声音，像是静静流淌的左右江
流过沉默千年的花山
流过熏染红木棉的两岸

那声音，宛如清澈的山泉
沐浴我的肌肤，滋润我的心田

让傲慢和戾气从每个毛孔迅速逃离
那声音，染着糖蔗的清甜
裹挟着苹果的甜脆
飘逸着龙眼荔枝的甜香

那声音，让我闻到了金英果泡的米酒
尝到了高原窖藏百年的陈酿
听到了李白云游神州的豪歌
大哥说，唢呐的身体是用山木做成的
喇叭是用铜片焊成的
音胆是用芦苇荡的芦笋做成的
大哥还说，他的唢呐声
是祖国山川喂养的，是山
丰盈了唢呐的音色

评赏：一把唢呐，一个时代，一段人生，这三个“一”是这首诗“形神兼备”的标配。这首诗以唢呐之声贯穿到底，这声音“有时如春风吹过漫山象草”，这声音“分明是立在香樟树上的喜鹊”，这声音“宛如清澈的山泉”，这声音“让我闻到了金英果泡的米酒”，这声音“是祖国山川喂养的，是山 / 丰盈了唢呐的音色”。可见，诗人对唢呐之声的“设计”是步步深入且缺一不可。正是这林林总总的声音，构成了诗人心目中“大哥的唢呐声是祖国山川喂养的”主题。（*卢辉*）

南国春天的画卷

施　毅

群山负手，
山谷里升腾起一束束火焰。
枫叶吐绿，
甘蔗林在第一缕阳光下摇曳。
溪流与裸岩开始妥协。
老农戴着草帽走向青纱帐，
他们坚实的肩膀如同起伏的小山，
他们喝玉米粥，谈论山那边的故事。
我们在辽阔、神秘的木棉树林中行走，
几只白鹭从野池塘旁悄然升起，
它们白色的倒影与迟疑的小鱼擦身而过
——生命属于每一个鲜活的个体，
也属于这片古老的土地。
当山风吹起时，枯萎的、
嫣红的木棉花都睁开了眼睛，
她们静静看着
这个被和煦阳光覆盖的春天。

评赏：好一幅美丽的乡村画卷，若诗人不是置身其中肯定无法为读者勾勒出如此生动鲜活的图景。是的，诗歌写作贵在所见所闻，有感而发。这首诗将南国春天的画卷一幕幕展现在我们面前，诗人的所见所思所想所盼无不渗入字里行间，渗透在每一个场景之中。如诗中所写的甘蔗林、青纱帐、木棉树、老农、草帽、白鹭、小鱼等等，不管是人，还是动物，不管是物件，还是植物，这些都构成了一个个鲜活的个体，都“被和煦阳光覆盖”。当然，南国很大，要写活独具特色的南国，最好还是选择“有所指”的区域，这样会有更高的辨识度。（卢辉）

附录

“邕莱诗会”大事记

2019年4月19日，诗人又见在中央民族干部学院学习期间，向时任广西民族报社总编辑杨兰桂提出建议，在《广西民族报》(汉文版)副刊开辟“邕莱诗会”，每个月用一个整版来刊登诗人的原创诗歌作品，集中打造多民族诗歌展示新平台。

2019年5月10日，广西民族报社正式开辟“邕莱诗会”专版，推出“邕莱诗会”五月篇(上)，展示石才夫、盘妙彬、陆辉艳、黄土路、庞白、黄鹏、大朵等7位诗人共14首诗歌新作；5月17日推出“邕莱诗会”五月篇(下)，发表朱山坡、牛依河、谢夷珊、费城、桐雨、陈代云、梁洪、三半等8位诗人共15首诗歌作品。这两期诗会展示了一批在全国诗坛比较活跃的广西诗人作品。

2019年的“邕莱诗会”六月篇和七月篇集中推出了“致敬全国优秀共产党员黄文秀”的主题诗歌作品，其中有诗作被广西壮族自治区党委宣传部选为优秀作品传播。

2019年9月30日，“邕莱诗会”策划、组织并举办了“我和我的祖国”庆祝中华人民共和国成立70周年诗歌朗诵会。

2019年12月28日，由“邕莱诗会”主办的“辞旧迎新畅想未来2020新年诗歌朗诵会”在南宁举行。新华网、人民网、中国新闻网、中国作家网、人民日报客户端、人民日报海外网等37家中央和地方媒体在报道中提出“邕莱诗会”诗歌现象这一概念，并认为“邕莱诗会”是“广西的文学高地”。

2019年，“邕莱诗会”还以纪念湘江战役85周年、“三月三”、民族团结进步、回归、青春等为主题，集中推出了系列诗歌专版。

2020年1月28日，广西民族报社与当代广西杂志社联袂打造“诗歌助力，同心抗疫”专题，共推出11辑网络诗作，包括119名作者创作的139首诗，均被“学习强国”平台转载。这是广西媒体最先推出的助力抗疫诗歌专题。

2020年3月，广西民族出版社出版了《人间有大爱——抗击新冠肺炎疫情诗选》，本书由石一宁担任主编，著名诗人吉狄马加作序，“邕莱诗会”推出的专题诗歌中有27首入选。同年10月，中宣部发出通报文件，其中对“邕莱诗会”与当代广西杂志社联袂打造“诗歌助力，同心抗疫”专题给予表扬肯定。

2020年7月18日，“邕莱诗会”在贵港市覃塘区召开“邕莱诗会与广西诗歌发展”座谈会，与会领导、嘉宾和诗人、作家、评论家认为“邕莱诗会”坚持以“铸牢中华民族共同体意识”为主线，汇聚了广西大部分的诗人，形成了“邕莱诗会”现象，为广西诗坛的团结和繁荣作出了贡献。

2020年7月18日，“邕莱诗会”在贵港荷美覃塘景区举行“广西民族报邕莱诗会覃塘创作基地”挂牌仪式，标志着“邕莱诗会”外延拓展有了首个活动点。

2020年10月16日至18日，应贵州诗人协会邀请，“邕莱诗会”组织了10位诗人到贵州省毕节市，出席由贵州省社科联主办，贵州省诗人协会、毕节试验区杂志社承办的“乌蒙见证——全国诗人助力毕节试验区脱贫攻坚大型诗歌文化工程采风活动”。同时，举行新时代黔桂诗歌联谊会。

2020年10月30日，咨政报告《关于以“邕莱诗会”推进“花山”带动经济文化高质量发展的建议》(作者谢治菊、黄浩云、黄鹏、苏朝、林忠伟)获广西壮族自治区人民政府领导肯定性批示。“邕莱诗会”作为一个诗歌品牌和文化符号，第一次进入政府领导视线。

2020年12月20日，“辞旧迎新畅想未来——邕莱诗会2021新年诗歌朗诵会”在南宁举行。

2021年9月22日，“邕莱诗会”与“花山诗会”联合推出“邕莱诗会·九月篇”——“我们共有的精神家园”主题专刊，用8个诗歌版面，唱响了铸牢中华民族共同体意识的主旋律。吉狄马加、杨克、艾克拜尔·米吉提、娜仁琪琪格、扎西才让等多民族诗人用诗歌集体发声，作家网全文转发，人民网等多家媒体转载或报道。

2021年9月27日至29日，广西作家协会、广西民族报社、中共玉林市委宣传部、广西文艺评论家协会等联合主办的第五届广西花山诗会隆重登场，《天涯》杂志主编林森、中国诗歌网编辑部副主任王夫刚、《星星》诗刊编辑敬丹樱、《草堂》诗刊编辑吴小虫以及石才夫、朱山坡、陈爱中、黄鹏、刘春等50多名来自全国各地的作家、诗人、评论家、媒体记者参加。

2021年12月，“邕莱诗会”荣获广西文艺花山奖·创新奖。

2021年12月31日，“邕州才子”作家群成立三周年暨“岜莱诗会”2022年迎新朗诵会在南宁邕州书院举行。

2022年1月16日，广西民族出版社、广西民族报社共建铸牢中华民族共同体意识实践联合体专家咨询会暨那书苑·古岳坡书廊揭牌仪式在南宁市南阳镇古岳坡艺术村举行。中国作协全委委员、《民族文学》主编石一宁，自治区文联党组成员、副主席石才夫出席咨询会并为那书苑·古岳坡书廊揭牌，黄佩华、田湘、黄鹏、俸代瑜、李约热、房永明、陈爱中、钟世华等作家、学者参加咨询会暨揭牌仪式。与会作家、学者高度围绕联合体的实践路径、运行机制、工作内容等话题进行深入探讨，并就联合体拟出版的铸牢中华民族共同体意识广西故事主题作品集、“岜莱诗会”作品集等提出意见建议。

2022年1月26日，铸牢中华民族共同体意识文化实践联合行动——2022年迎新春“那诗会”暨多民族文学创作促进座谈会在南宁举行。本次活动由壮族作家创作促进会主办，广西民族出版社、广西民族报社承办。在诗歌朗诵环节，“那诗会”与“岜莱诗会”首次联袂演出。

2022年3月，广西壮族自治区民族宗教事务委员会（以下简称自治区民宗委）党组议定，将“岜莱诗会”年度诗人评选活动列入每年由自治区民宗委主办的自治区“壮族三月三·八桂嘉年华”活动项目，自2022年起在每年“三月三”期间举办一届“岜莱诗会”年度诗人评选活动。评选活动由自治区民宗委主办，广西民族报社、广西民族出版社、壮族作家创作促进会承办。

2022年4月2日，“岜莱诗会”2021年度诗人评选活动正式启动。

2022年5月23日至26日，由广西作家协会、中共柳州市委宣传部、柳州市文联主办，广西文艺评论家协会、广西民族报社等协办的第六届广西花山诗会在柳州举行。盘妙彬和唐允被评选为“广西年度诗人”。

2022年5月30日，“邕莱诗会”2021年度诗人评选结果揭晓，入围的十位诗人为韦汉权、陆辉艳、庞白、唐允、李道芝、罗添、安乔子、丘文桥、牛依河、雅北。其中，韦汉权、陆辉艳、庞白被评为“年度诗人”，唐允、李道芝、罗添被评为“年度新人”，黄鹏被评为“2021年度突出贡献诗人”，钟世华被评为“2021年度评论家”。